BREVE HISTÓRIA DO ESPÍRITO

SÉRGIO SANT'ANNA

Breve história do espírito

Posfácio
José Geraldo Couto

2ª edição

Copyright © 1991, 2024 by herdeiros de Sérgio Sant'Anna

Grafia atualizada segundo o Acordo Ortográfico da Língua Portuguesa de 1990, que entrou em vigor no Brasil em 2009.

Capa
Alceu Chiesorin Nunes

Foto de capa
Ana Carolina Fernandes

Preparação
Willian Vieira

Revisão
Valquíria Della Pozza

Os personagens e as situações desta obra são reais apenas no universo da ficção; não se referem a pessoas e fatos concretos, e não emitem opinião sobre eles.

Dados Internacionais de Catalogação na Publicação (CIP)
(Câmara Brasileira do Livro, SP, Brasil)

Sant'Anna, Sérgio, 1941-2020
    Breve história do espírito / Sérgio Sant'Anna ; posfácio de José Geraldo Couto. — 2ª ed. — São Paulo : Companhia das Letras, 2024.

    ISBN 978-85-359-3615-5

    1. Ficção brasileira I. Couto, José Geraldo. II. Título.

24-189572   CDD-B869.3

Índice para catálogo sistemático:
1. Ficção : Literatura brasileira   B869.3

Tábata Alves da Silva – Bibliotecária – CRB-8/9253

Todos os direitos desta edição reservados à
EDITORA SCHWARCZ S.A.
Rua Bandeira Paulista, 702, cj. 32
04532-002 — São Paulo — SP
Telefone: (11) 3707-3500
www.companhiadasletras.com.br
www.blogdacompanhia.com.br
facebook.com/companhiadasletras
instagram.com/companhiadasletras
twitter.com/cialetras

Invocação do demo pelo contista de província

Desesperado, no botequim sórdido, o contista de Ouro Preto invocou do mais fundo de si mesmo as forças demoníacas:
— Ditem-me... ainda que um único e último texto, que contenha a atmosfera desta noite envolta em neblina, em que vagueiam espectros do passado: cavalos com suas narinas fumegantes a resvalar seus cascos nas pedras dessas ladeiras plenas de curvas e surpresas e...

no interior da carruagem, a dama com seu vestido farfalhante, por quem morreria por um sorriso furtivo atrás de um leque o poeta a espiar por uma nesga de janela, ditem-me...

o amor de tal poeta: pura sombra, invenção de quem crê que assim deve amar e assim ama? Ou uma falta tão sentida que o faz esfregar seu corpo insone contra a cama, gemer e estrebuchar, passar à noite pelo cemitério, sonhando com violações e pactos de morte: uma sede tão ardida quanto a do escravo no pelourinho, ditem-me...

o gosto dessa água num chafariz de limpidez inatingível, a dor desse escravo, sua última visão embaciada de paisagens africanas, enquanto nas igrejas os sinos dobram, com suas cordas puxadas pelos longos braços da Grande Senhora desde a Europa...

— Ditem-me: o esplendor imperial do sacrifício que no interior dos templos dourados se celebra, o odor do incenso na bênção episcopal, cânticos noturnos, madonas pudicas, a lágrima de cera no olhar do Cristo contemplado pela dama, a mesma da carruagem, ditem-me...

o que abriga esta dama em seus suspiros, sua castidade, a pureza que os homens lhe atribuíram por medo de vê-la transbordar em sensualidade, ditem-me, esta sensualidade...

o gozo da escrava nos fundos do casarão, o rastejar do senhor e da serpente e a sede destes outros, como eu, que não vieram aos templos mas à zona, a culpa e que males mais buscam aplacar com doses brutas de cachaça...

ditem-me, o cheiro adocicado desta parte da cidade, fundindo o negro ao branco, o cheiro dos bairros pobres, ditem-me, esta embriaguez, como a cobra que se come pela boca que tudo quer abarcar, o passado mais remoto até este presente, ditem-me...

a fim de que eu mesmo me entenda e neste fio me projete para além dessas montanhas, um destino de poeta e inconfidente, ditem-me, o meu sofrimento e desejo sem limites, ainda que em troca de minh'alma aqui perdida, ditem-me... estas palavras.

Sumário

Breve história do espírito, 9
A aula, 59
Adeus, 81

Posfácio — Breve história do verbo, *José Geraldo Couto*, 117

Breve história do espírito

Para Tião Nunes e André

1

Estava na hora e Rosinha veio ajudar-me na paramentação que o momento exigia. Eu já havia feito a barba, tomado banho e café, estava de camisa e cueca e Rosinha segurou cuidadosamente a calça do terno que ela mesma tinha passado, para que eu enfiasse uma perna e depois a outra, me apoiando no ombro dela.

Ultimamente eu andara tentando controlar minha mente fantasiosa para colocar os pés no chão, depois que lera sobre a diferença entre imaginação e fantasia na revista feminina onde Rosinha era colaboradora. Enquanto a fantasia se prestava a devaneios substitutivos, a imaginação permitia criar realidades em forma de obras, como fazem os artistas. E eu não me considerava, primordialmente, um artista?

Considerava-me, mas não pude evitar que passassem pela minha cabeça as imagens de um toureiro que eu vira num filme sendo vestido com toda a pompa para a luta mortal que ia travar com o touro, com fundo musical de guitarras flamencas e castanholas. Minha pele arrepiou.

Rosinha me trouxe para a realidade pedindo que eu a ajudasse a dar o laço na gravata do jeito que o irmão dela nos ensinara ontem quando emprestara o terno, que isso ela não conseguia fazer sozinha.

— Será que eles não vão reparar? — perguntei enquanto a gente me olhava no espelho. O irmão dela era mais baixo e mais gordo do que eu.

— Que isso, bobo, quem está desempregado não tem dinheiro para comprar um terno, tem? Além disso eles são religiosos e devem ser compreensivos.

De fato, o classificado era de uma seita evangélica que estava empregando redatores para folhetos de difusão religiosa. Exigiam fé, boa aparência e redação fluente.

Eu preenchera o cupom, sem muita fé, mas Rosinha o enviara pelo correio e agora eles haviam me chamado para um teste, por telegrama.

Senti meus olhos se umedecerem porque a palavra *desempregado* possui uma conotação meio romântica diluindo fracassos individuais na crise coletiva. Senti também um impulso de estreitar a Rosinha nos braços, com sua barriguinha de quatro meses, ela ali como um esteio ao meu lado, quando uma sombra se interpôs entre nós.

Esta sombra era a própria gravidez da Rosinha, porque se não fosse isso as minhas resenhas de livros, os free lances dela de psicologia na revista e a pequena quantia que os pais lhe mandavam dariam para o gasto. Além disso eu aspirava, secretamente, a ganhar algum dinheiro em concursos de contos. Só que agora os pais dela ameaçavam cortar a mesada se Rosinha não se casasse, mesmo eu explicando que nem namorados nós éramos, só amigos dividindo um apartamento por causa da crise econômica, uma coisa comum nos dias de hoje. "Ah, é, e os amigos também ficam grávidos?", a mãe dela respondera cinicamente lá de Três Corações. "A gente cria uma filha com todo o carinho para depois cair nas mãos do primeiro que aparece", ela se lamentara, em prantos, antes de bater o telefone na minha cara. A velha era totalmente incoerente.

— O primeiro, essa é muito boa! — falei, para o aparelho surdo em minhas mãos. A Rosinha, inclusive, era um ano mais velha do que eu.

Por outro lado, minha posição diante do aborto era de conflito. Eu jamais tomaria a iniciativa.

— Bom, seja o que Deus quiser — eu disse. Rosinha foi me acompanhando até a porta do elevador.

— Boa sorte, bem — ela me abraçou.

— Vá para dentro — eu me desvencilhei. — Você está de camisola no corredor.

Era tarde. O elevador chegou, havia gente dentro dele, mas Rosinha permaneceu segurando a porta depois que entrei.

— Vê se controla o seu estilo, bem — finalmente ela desatou, erguendo o punho cerrado num gesto de incentivo.

Não sei se fiquei pálido de raiva ou rubro de vergonha. Além de exibir minha futura mulher desgrenhada, em trajes íntimos, ela tocara no meu ponto mais vulnerável, simultaneamente minha força e fraqueza: o estilo, a minha prosa espasmódica, pelo menos a dos contos, já que nas críticas eu era severo, contido, quase rígido, o que me levava sempre a rasgar os ditos contos, mal iniciados os rascunhos. Eu jamais deveria ter deixado a Rosinha ler um deles sequer.

Fixei-a fixamente, correspondendo ao tal estilo.

— Adeus, Rosa — eu disse, procurando dar um peso radical de despedida às minhas palavras.

Rosinha me olhou boquiaberta por um segundo. Eu extirpara dela o diminutivo. Sua resposta, ao largar a porta, foi uma risada de escárnio, talvez porque conhecesse bem essa minha faceta de usar as palavras teatralmente, seja em forma de drama ou comédia, ou mesmo de ambos, conjuntamente.

Sim, tenho mania de transformar as minhas desditas em frases grandiloquentes e, à medida que o elevador descia, pensei numa decadência progressiva e inexorável, os ideais que haviam ruído um a um: o de jogador de basquete, o de saxofonista, o de comandante de jatos, o de estudar filosofia na Sorbonne, o de andarilho pelo mundo, o de produtor de mel em Friburgo, enquanto escreveria poemas concisos até a medula. Tudo isso para tornar-me apenas mais um dos sujeitos engravatados que desciam no elevador àquela hora da manhã, olhando rigidamente por cima das respectivas cabeças para lugar nenhum; fingindo que não reparavam que o meu terno era ao mesmo tempo curto e largo; que não haviam surpreendido minha mulher em pleno surto, de camisola. Todos deviam achar que era louca. Eu achava que ela era louca.

A claridade da rua proporcionou-me um acesso ainda maior de lucidez. Toda aquela transformação recente da Rosa, de amiga do peito em esposa amantíssima — ovos quentes, sucos de laranja, roupa passada e chupadas viciosas e aliciantes de pau, para não falar do modo ardiloso como me seduzira, cedendo-me certa noite, subitamente, o que até então sempre negara, mesmo quando deixava eu deitar a cabeça em seu colo, para ver TV, ou experimentava roupas na minha frente para receber o amante —, não passava de hipocrisia e perfídia de uma mulher cujo único objetivo, frio e determinado, era o de ter um filho com pai.

Foi a minha vez de dar uma risada de escárnio. As outras pessoas no ponto do ônibus olharam para mim com desconfiança e temor. Pela minha mente acabara de passar um plano diabólico: eu ia boicotar a prova, jogar para perder, a Rosa ou Rosinha que se arranjasse com o filho: "Olhai os lírios do campo, eles não semeiam nem tecem", não fora o que o próprio Cristo dissera?

Seria isso aplicável também aos protestantes?

Mas, se eu ia sabotar o exame, por que me preocupar com a posição dos protestantes? Para contradizê-la, talvez? Sim, apenas talvez.

Porque o humano é um ser partido e todo pensamento emite, simultaneamente, o seu contrário. Talvez por isso seja tão difícil trilhar o caminho reto. Durante todo esse tempo, desde o elevador, eu estivera pensando sub-repticiamente no nome da Rosa, até hoje encoberto por um diminutivo. Mas não teria sido eu atraído, desde o princípio de tudo, pelo peso literal do seu significado oculto num cálice de pétalas onde cravara eu o desejo?

Pois se as palavras, muitas vezes, escorriam de mim com a vacilação da embriaguez, elas podiam também revestir-se de uma materialidade quase carnal, muito além da comunicação utilitária. E, num momento desses, de possessão e arrebatamento, como agora, a terra natal da Rosa surgia, num relance, em minha cartografia particular, como três ondulações pulsantes em forma de coração: o meu, o da Rosa e o do filho!

A essa altura eu já entrara no ônibus e fora sentar-me justamente diante daquele cartaz, colado na divisória com o banco do motorista. Nele os jogadores Jorginho, Silas e Dida, os dois primeiros da seleção brasileira, mas todos três Atletas de Cristo, anunciavam o livro evangélico *Força para viver*. O Miller, desde que pusera um brinco na orelha e se casara com uma chacrete, fora excluído daquele grupo, mas não da seleção.

Como todo mundo que andava de ônibus, eu já vira o cartaz um monte de vezes, mas não seria ele hoje uma premonição, um chamado, um sinal? E, de repente, eu me sentia irmanado a todos, embarcando na aventura guerreira do cotidiano, iniciando uma verdadeira epopeia, impregnado de força para viver.

O ônibus se enchia, a cada ponto, de passageiros ensimesmados com uma preocupação à beira do sofrimento estampada na face. Pela porta da frente, entravam sem pagar colegiais de uniforme disputando ruidosamente a precedência com velhos com carteirinha de velho. O motorista arrancava antes de os passageiros subirem direito e freava bruscamente para acomodar os que viajavam de pé. Do fundo do coletivo, chegavam os clamores de uma discussão na roleta por causa de moedas de valor meramente sentimental. Olhei para trás e, para além do local daquela disputa, do trocador com uma mulher gorda, vi que na ponta do último banco sentava-se um jovem mal-encarado, provavelmente calçando tênis de primeira linha, com o perfil ideal de ladrão.

Ser humano, como já disse, é uma condição precária. E eu, particularmente, posso passar da empolgação súbita à tristeza infinita numa fração de segundo.

Ergui o braço, instintivamente, para o cordão da campainha. Só queria descer e retornar à casa. Talvez não mais a que eu coabitava com a Rosa ou Rosinha, mas aquela outra, perdida no tempo, em que eu não era o pai, mas o filho, talvez com a proteção da terceira pessoa, espiritual.

Não cheguei a fazê-lo, todavia, pois o ônibus acabara de transpor a fronteira do Catete para a Glória. Não que o nome do bairro se transfigurasse, diante de mim, no peso literal de sua acepção mais elevada. Tampouco porque eu avistasse, enfim, o mar. A vastidão azul do oceano apenas tornava mais áspero o contato de minha pele com o terno escuro, encerrando-me igual um ataúde, ainda que sobre a sua tampa se pretendesse gravar a cruz do Cristo.

Menos ainda porque eu julgasse distinguir, entre os canteiros dos jardins da Glória, rosas e lírios. Mas, certamente, porque distinguia, entre todas as flores, homens, mulheres e crianças esfarrapados no estágio terminal da miséria.

Um dos mendigos, especialmente, pareceu-me que cravava os olhos — antes fixos num horizonte vazio — em mim, como se me advertisse de que, caso eu não passasse no exame, poderia terminar ali. E as três ondulações pulsantes, em forma de coração, ameaçavam dissolver-se numa grama rasteira, sobre a qual nos estenderíamos eu, a Rosa e o filho.

A parábola evocando os lírios do campo revelou-se então a mim, em sua plenitude, como aquilo que provavelmente fora: uma licença poética de Cristo, um pecadilho literário de juventude.

O ônibus se aproximava do centro da cidade e desviei meus olhos novamente para o cartaz. Invoquei o Jorginho, o Silas e o Dida, e preparei-me para entrar em campo, com a garra deles três.

2

O prédio era sombrio; o elevador, rangente; o cabineiro, decrépito. Bem, talvez não fossem tanto assim e podia tratar-se, antes, de uma força da expressão, uma melancolia congênita, uma ambientação subjetiva. Em suma, uma questão de estilo.

— Para levar a Palavra às pessoas é preciso ter a mente clara — advertiu-nos o irmão Romualdo, como se houvesse acompanhado o fio do meu raciocínio. Por isso mesmo, o teste consistiria numa pequena redação com o tema escrito no quadro: "Quem sou eu?".

De gravata, mas sem paletó, sobre a camisa branca, de mangas curtas, o irmão Romualdo tinha uma aparência limpa e jovial, em que transpareciam a fé, a coragem e a energia. Eu nunca vira um rosto tão bem barbeado em minha vida.

Enquanto falava, irmão Romualdo mantinha a mão esquerda, na qual se via uma aliança, pousada no ombro da irmã Marly, que estava sentada a uma mesa de professora e também usava uma aliança no anular esquerdo. Eu custava a crer que fossem marido e mulher, pelo menos no sentido carnal da coisa, talvez porque a irmã Marly se mostrasse tão recatada, fitando suas mãos espalmadas sobre a mesa. Na parede, atrás dela, havia um quadro verde, no qual fora inscrita, com cuidadosa caligrafia, aquela pergunta fundamental.

Nós éramos cinco candidatos na sala, ocupando metade das carteiras: um rapaz magro, branquelo, de óculos, barba rala, camisa esporte; uma mulher ainda jovem, meio bonita, meio loura, cabelos com franja, óculos de aros finos, possivelmente sem grau, com jeito de secretária ou recepcionista, mas com uma saia que ficaria melhor numa colegial, deixando, quando ela sentou-se, metade das pernas de fora; uma homem de cerca de trinta e cinco anos, moreno, robusto, cabelos bem penteados e bigode, usando, com um desembaraço de vendedor, um desses ternos comprados prontos; um senhor taciturno, com muitas rugas, tão gasto quanto o paletó que usava sem gravata, os poucos cabelos, grisalhos, fitando com um ar concentradíssimo o irmão Romualdo — e finalmente eu.

Os que fossem aprovados, explicou irmão Romualdo, seriam chamados por telegrama para uma entrevista, quando se discutiriam outras questões, inclusive financeiras. "Pois, afinal, a Palavra não é tudo." E aí ele riu e percebemos que devíamos rir também, pois aquilo era para ser considerado uma piada.

Em face da conjuntura econômica, eu esperava encontrar uma multidão de candidatos atendendo ao chamado e cheguei a indagar-me se não caíra em alguma arapuca, mas o irmão Romualdo logo esclareceu isso:

— Chamamos vocês em pequenos grupos para conhecê-los melhor. O reverendo Masterson, nosso presidente, costuma dizer que a uma palavra límpida e sincera correspondem um olhar e um sorriso puros. E creio que ele tem razão.

A irmã Marly, com seus olhos negros, concedeu-nos nesse instante um sorriso puro — ao qual procuramos retribuir — como se fizesse para nós uma demonstração. Parecia emoldurada ali atrás da mesa e poderia ser considerada até bela, a seu modo, com o rosto sereno, sem qualquer pintura, sobre um pescoço alongado que faria uma pessoa sonhadora e sensível pensar em Modigliani. Dele pendia uma correntinha de ouro que penetrava pela blusa branca onde estava bordado o seu nome e devia suster um crucifixo repousado entre os seios. Talvez por isso, ou porque era a esposa de um religioso, a irmã Marly inspirava, além de amor desinteressado à primeira vista, uma atmosfera de tênue e respeitosa sensualidade, inseparável de certas contenções morais. Não pude deixar de pensar, por contraste, na Rosinha. E fiquei feliz quando o irmão Romualdo avisou-nos que ficaria na sala ao lado, para cuidar dos seus afazeres, nos deixando a cargo da irmã Marly. Não que houvesse qualquer coisa de basicamente errado com o irmão Romualdo, mas ele ali, com o crachá de identificação na camisa, em vez de um bordado, inspirava algo assim como pragmatismo, a face temporal da igreja deles, fosse ela qual fosse.

Porém, quando a irmã Marly levantou-se, ruborizada, com as folhas de papel almaço nas mãos, quase levei um choque e entendi imediatamente a razão do seu rubor. Ela estava grávida, mais ou menos do mesmo mês de Rosinha.

— Quem sou eu? — ela perguntou, com a voz trêmula, desviando o olhar para o quadro. — Vocês terão cinquenta minutos para responder a isso. Alguma pergunta?

Pensei, inadvertidamente, em sedução de menores, escravidão branca, hipnotismo, pois, reparando bem, a irmã Marly não devia ter mais do que vinte anos e o irmão Romualdo uns quarenta. Mas não seria aquela gravidez, para mim, mais um presságio, um chamado, um sinal?

Foi quando o senhor grisalho, levantando a mão, fez com um sotaque lusitano e um ar preocupadíssimo a inacreditável pergunta:

— A senhora deseja saber quem sou eu ou quem é a senhora mesma?

Desta vez rimos espontaneamente, menos a irmã Marly e a jovem mulher de franja, que ainda tentou ajudar, embora um tanto insegura:

— Quem é você, acho...

— Eu? — ele perguntou incrédulo, como se não pudesse acreditar que fosse alguém.

A irmã Marly lançou um olhar pedindo socorro para a porta entreaberta, de onde ainda nos examinava, com uma expressão crítica, o irmão Romualdo. Ele voltou a introduzir o corpo inteiro na sala.

— Quem são vocês?! — exclamou num tom oratório, como se pregasse de um púlpito. — De onde vêm, para onde vão, o que fizeram até hoje de suas vidas? — Ele sorriu com benevolência. — Mais alguma dúvida? Não? Então boa sorte para todos.

O irmão Romualdo saiu e fechou a porta atrás de si.

Durante o grave silêncio que se fez na sala diante daquelas questões, procedi a uma avaliação sumária dos candidatos. O concorrente português já entregara a cabeça numa bandeja, nem tanto por aquela pergunta, pois todos nós sentíamos a mente confusa aqui e ali, e a verdadeira fé exigia uma certa simplicidade de espírito. Mas eu não conseguia ver como se poderia levar a Palavra às pessoas, no Brasil, com uma sintaxe lusitana. Além disso, ele já tinha as rugas da derrota esculpidas no rosto pela vida. O rapaz magro, de óculos, podia estar com a redação em forma, pois devia ser estudante. Talvez possuísse alguma fé, porque parecia um estudante sério, porém sua aparência era lastimável. A aparência do último era melhor, mas só em comparação com a dos outros. E se a sua fé talvez convencesse, caso o deixassem pôr um pé na porta, para falar com desembaraço seus textos decorados de vendedor de enciclopédias ou algo do gênero, por escrito devia ser um desastre. Quanto à mulher, se a sua aparência era a melhor de todas, havia nela, por trás dos disfarces, uma tensão fatigada de tanto prolongar a juventude. As suas pernas, era verdade, poderiam impressionar o irmão Romualdo, que não me iludia, com aquele requinte de ter uma jovem pregadora em sua cama, mas certamente não causariam nenhum impacto favorável na irmã Marly, até pelo contrário, tivesse esta um mínimo de poder de decisão sobre a coisa. E, finalmente, havia eu. Se minha aparência estava prejudicada por aquele terno e minha fé era sujeita a variações súbitas, eu tinha a meu favor — embora talvez contra, dependendo do ponto de vista — a gravidez da Rosinha. Mas, verdadeiramente, quem era eu?

Nesse momento a mão pálida e crispada da irmã Marly depositou na minha frente uma folha de papel almaço e fui acometido por aquela vertigem. Aquela vertigem sobre o papel em branco, onde se podia inscrever tudo, à qual eu já ouvira referirem-se, em entrevistas, os grandes escritores. Talvez fosse a minha grande oportunidade. Meu coração bateu mais forte e, mal conseguindo preencher nervosamente o cabeçalho da folha, fui tomado por uma espécie de arrebatamento, quando minha mão começou a percorrer as linhas, mais veloz do que a mente.

3

Talvez se espere de um candidato a emprego a enumeração dos fatos mais significativos da sua vida, de modo a compor uma breve biografia ou um currículo. Mas quantas vezes não parei para refletir, durante a minha já não tão curta vida (trinta e um anos), se os assim chamados fatos, sucedidos com uma pessoa ou produzidos por ela, não se prestam antes a encobrir do que a revelar a verdadeira essência dessa pessoa, o seu espírito.

No entanto, quando se busca expressar esse âmago, inseparável da própria alma, corre-se o risco de se resvalar para a abstração, quando não para o silêncio, precioso em outras circunstâncias, mas deslocado aqui, nestas.

A música, sim, talvez seja um instrumento poderoso para corporificar tal força incorpórea — a do espírito —, mas é preciso reconhecer, humildemente, que a composição e a execução musicais requerem o exercício de uma disciplina alicerçada no talento e no virtuosismo, que não se encontram à disposição de todos os mortais.

Restariam, então, a expressão plástica, para a qual nunca revelei o menor pendor, e as palavras, para as quais revelo, às vezes, uma aptidão até perigosa, pois, seduzido pelo encadeamento sintático e melódico dos vocábulos, além da imaginação, posso ser transportado por eles, ao invés de conduzi-los, a paragens cada vez mais distantes do núcleo que desejo atingir. Nesse sentido, as vírgulas me servem como âncoras no meio do maremoto, cravos de um alpinista suspenso sobre o abismo do ser, enquanto os parênteses e travessões são represas do turbilhão.

Em certas ocasiões privilegiadas, porém, sou acometido pelo pressentimento de que também as palavras podem tornar-se uma chave de acesso aos tesouros do espírito, embora a ninguém se deva encorajar quanto à facilidade de encontrá-las, as palavras justas, espaço mais reservado à poesia, gênero passível, por outro lado, de hermetismo, e a exigir uma ascese tão árdua quanto a requerida pela música.

Mas ouso dizer, de qualquer modo, que busco a poesia, o que não significa necessariamente concretizá-la em corpos poéticos, pois antes que ceda à tentação de fazê-lo, sou levado, sempre, a avaliar que esses microcosmos linguísticos estarão melhor e mais fiéis à essência em que procuram penetrar, se livres enquanto probabilidades, em vez de aprisionados em limites redutores. À parte que sou, naturalmente, mais dotado para a prosa, de que esta é uma amostra daquilo de que sou capaz no gênero, nem mais nem menos.

Creio, então, que deva desfiar aqui, prosaicamente, como de praxe e ventilado no início, alguns dos tais fatos biográficos, mas sem hierarquizá-los na habitual escala utilitária de êxitos e fracassos — nos estudos, nos esportes, nas artes, na vida afetiva e na profissional — até a situação em que me encontro hoje, a de jornalista, embora sem vínculo empregatício, pois não tive a oportunidade ou o desejo de formar-me regularmente, restando-me a atividade crítica, para a qual não é requerida formação regular nem diploma.

Enganar-se-ão, porém, aqueles que tentarem apontar nesse exercício uma compensação para as frustrações nos campos musical, plástico ou poético. Ao contrário, quando manifesto alguma severidade em meus juízos, nada mais faço do que estender aos outros os critérios de rigor que tracei para mim mesmo, evitando que se materializassem, de minha lavra, versos de valor discutível, turvando as águas límpidas da essência, que devem permanecer não conspurcadas por fatos, ainda que verbais. De um modo tal que nem tais juízos críticos eu sentiria necessidade de emitir, não fossem razões de ordem econômica, pois sou pago pelos jornais para isso, apesar da forma vil com que o fazem.

Aliás, a ausência de vínculos formais abrange também a minha vida afetiva, pois confesso que, de uma determinada perspectiva, possivelmente a da organização de vocês, vivo em pecado, porque uma mulher está grávida com a minha, digamos assim, colaboração, sem que eu a tenha desposado.

Mas devo apresentar, se não a título de defesa, mas de esclarecimento, no sentido mais amplo que se possa dar a tal substantivo abstrato, que dividindo com esta mulher um apartamento, não mantinha com ela relações, a não ser de amizade e solidariedade econômica, apesar de que outro, que a visitava irregularmente, as mantivesse. Até que um dia, por circunstâncias externas e internas, nos conhecemos carnalmente: uma determinada canção no toca-fitas, as gotas de chuva lá fora, um pouco mais de vinho que o biblicamente aconselhável, o rompimento dela com aquele visitante esporádico (que, ao que parece, enciumara-se de mim, injustificadamente, pois eu apenas amava vê-la viver — percebam o encadeamento melódico).

Porém, nada disso, creio, pôde se comparar a uma certa disposição do corpo e da alma femininas, e, consequentemente, masculinos (faço a concordância com os sexos), que se extravasava por um brilho enevoado nos olhos daquela mulher, algo entre uma lágrima e a lascívia, a antecipação do êxtase, o que ambos, eu e ela, interpretamos, depois, como um sinal da natureza, de que elas, a natureza e a jovem, estavam aptas e ávidas, naquele instante, a conceber.

Sem pretender eximir-me de minhas responsabilidades, tanto é que estou aqui, não terei sido eu mero instrumento de uma força que nos transcendia e que agora segue o seu curso, independentemente de nós? E uma vez desposando essa jovem mulher — coisa que pretendo tão logo consiga uma ocupação fixa — não estará automaticamente extinto o pecado, e a união, bendita? E, na medida em que aquele fato operou em mim transformações de tal vulto que me conduziram, inclusive, até esta sala, não terei sido eu fecundado por obra, digamos, do Espírito? (Não cometerei a heresia de dizer que Santo.)

Entendam, por favor, que lhes apresento humildemente indagações e não armadilhas de ordem teológica. Até porque, para tanto, quem sou eu?

Voltamos, assim, à pergunta inicial. E se, para respondê-la, desço a tais minúcias biográficas, é, paradoxalmente, para eliminá-las de forma metódica e progressiva, na esperança de que, raspado o esmalte das aparências, possa cintilar, ao final, a presença algo imponderável do Espírito. E já que se trata de uma depuração, em vez de uma acumulação, factual, suponho que seja um procedimento correto começar, como de fato comecei, pelo presente, para chegar, após breve percurso, à gênese de tudo.

Se alguma qualificação pode enfeixar as respostas àquela questão primordial — quem sou eu? —, diria que sou, antes de tudo, um contemplativo.

Tomemos, como exemplo, o basquetebol, esporte ao qual me dediquei na primeira juventude, não porque eu seja meio alto (o que aqui sentado não dá para a jovem senhora que nos examina perceber inteiramente), mas porque tal jogo me parecia menos grosseiro que aquele outro que se pratica com os pés, embora haja atletas que façam desse esporte um verdadeiro ato de fé. Mas o que quero dizer é que a minha breve passagem pelo basquete demonstra que se pode ser simultaneamente talentoso sem se alcançar ou mesmo ambicionar o êxito, tão almejado pelo comum das pessoas. Porque, se a beleza dos meus arremessos, carregados de efeitos e improbabilidades, era inegável, por outro lado eu me mostrava totalmente arredio à luta pelos rebotes e à marcação. E, após um desses arremessos, amava ficar ali parado, esquecido de tudo, vendo a esfera descrever suas rotações e translações simultâneas, elipses, paralaxes, hipérboles e parábolas, para não dizer metáforas, da bola, esquecendo-me totalmente de voltar para o nosso campo por ocasião dos contra-ataques. Era capaz, até, de apreciar um lance do adversário, desde que viesse transfigurado por uma dessas virtualidades da esfera, forma que realiza todas as formas, tanto é que os embriões celestes só podiam tender para ela, uma vez acesa a centelha divina no Caos. Por isso, parafraseando, quase, o olímpico barão de Coubertin, eu diria que o importante no esporte não é vencer... nem competir, mas o próprio lance suspenso no instante e seu reflexo no olhar.

Quando fui dispensado do time, meus pais se alegraram, pois acreditavam que as notas baixas em meus boletins escolares se deviam ao tempo desperdiçado, segundo eles, no esporte e na vagabundagem, palavra que prefiro substituir por perambulações. Porque sim, eu amava andar ao léu pelas ruas, com as mãos nos bolsos, assobiando alguma canção, a gola levantada por uma questão de estilo, mas deixando que o vento acariciasse meu rosto no anoitecer, vendo os luminosos se acenderem, pisando folhas secas do outono, coisas desse tipo, singelos lugares-comuns que não me pareciam nenhum desperdício. Ao contrário, parece-me que desperdiçam o tempo aqueles que o consomem atribuladamente, não deixando nenhum espaço para vivê-lo, o próprio tempo, território onde se movimenta a vida sem nenhum destino traçado, nenhuma seta de direção, tanto é que podemos percorrê-lo para a frente e para trás, através da memória e do devaneio, embora capturá-lo no presente seja infinitamente mais difícil.

Iludiam-se, pois, os meus pais, porque a mesma variação espiritual que me impedia de encarar o esporte como uma atividade competitiva e o tempo como um vazio a ser preenchido, fazia com que eu me concentrasse, nas salas de aula, somente naquilo que era merecedor de atenção, como um rosto ou um pescoço marcantes, ou, para além deles, auditivamente, num cantar de pássaros, ou numa borboleta que nos sobrevoasse, como se fôssemos nós os fenômenos dignos de estudo. Ou, mesmo, nas partículas de poeira suspensas nos raios solares, ou então, principalmente, na chuva, seu som e cheiro de encontro às superfícies porosas, coisas que amo mais do que tudo, das garoas às tempestades, mas sobremodo aquelas que caem num ritmo constante, propiciando que o pensamento, sob sua cadência, galope por pradarias sem limites.

Não que eu não pudesse dirigir minha atenção a certas passagens das aulas, como algum evento da história ou da geografia, quando bem contado, ou mesmo das ciências mais exatas, embora me pareça que a geografia também o seja, a não ser pelas transformações operadas pelo homem — e por que não pela mulher? — ou pelo caleidoscópio vagaroso mas inexorável da erosão. Podia encantar-me, assim, também com algumas figuras da álgebra e da geometria. A álgebra, não totalmente pelo arredondamento exato de suas equações, pois me parece que uma construção, para ser mais do que perfeita, deva conter uma brecha para o inacabado, a imperfeição, o vazio, que propicia um voo novo, mas pelo que havia de indecifrável em seus signos, líricos, fluidos e ao mesmo tempo matemáticos, verdadeiras notações musicais se uma pessoa estivesse apta a lê-los além do seu significado corriqueiro e com eles compor uma sonoridade indeterminada e até silenciosa, paradoxalmente. A geometria, por sua descrição cubista do mundo, reduzindo-o a formas imunes às meras aparências, como bem prenunciou Cézanne, polígonos demarcados pelo giz branco no quadro verde (a própria natureza?), nos quais eu podia ver, através, o vazio pleno, como o ar que se encontra no interior e no exterior de uma bola de basquete, o que verdadeiramente a enforma e potencializa para o jogo do corpo e do espírito.

Como se vê, das bolas de basquete às esferas mais altas, o físico podia conduzir-me facilmente ao metafísico, e minhas perambulações se davam não apenas pelas vias externas, mas também por ruelas e cenários interiores. Surge aí, então, outra característica minha, a tendência à solidão, irmã gêmea da contemplação. E, além de às mulheres (já que, apesar do meu temperamento arredio, houve outras aproximações infrutíferas antes dessa que instalou uma semente minha em ventre fecundo), eu também amava ver-me viver e pensar o próprio pensamento. Filosofia, então? Sim, pois creio que se a minha verdadeira aptidão fosse detectada no momento propício por mestres ou treinadores sensíveis, eu teria sido encaminhado a este campo, tentativa de conhecimento, a filosofia, irmã gêmea da teologia, embora a compreensão possa levar à verdade de um pastor de ovelhas: a de que Deus e o próprio ser são para serem... experimentados!

Eis aí o ponto crucial, justamente no momento em que a senhora que nos examina adverte-nos de que só nos restam dez minutos, quando me dou conta de que a última, entre os outros candidatos, acaba de entregar a sua prova. Dou-me conta, também, de que não se pode escrever tudo. Mas é reconfortante isso, ver estabelecido um limite que nos obriga à objetividade e à concisão. Pois, se abominando o discurso, emiti-o, foi apenas para dele me libertar e purificar a minha Palavra, a fim de que ela, apoiada em pequenos eventos, possa transpor aquele espaço que a separa do núcleo onde as fronteiras do tempo se diluem, a filosofia se amalgama à poesia, o ser ao não ser, o fim à origem, a música ao silêncio, o físico ao metafísico, a imagem ao indiferenciado, a carne, enfim, ao espírito. Ei-la, tal Palavra, em breve narrativa:

Um dia, em minha mais tenra infância, vi o Cristo iluminar-se. Mesmo sendo tão impressionável quanto uma folha em branco, não acreditei estar presenciando um milagre, mas, com toda a certeza, estava diante de uma revelação, embora, àquela época, ainda não estivesse apto a formalizá-la, para o que, espero, estas últimas linhas sejam de alguma valia.

É claro que a figura majestosa do Cristo já dominava aquela rua de Botafogo e era iluminada diariamente, à hora do crepúsculo, bem antes de eu nascer. Mas creio que concordarão com o fato de que a cada ser ao qual é dada a luz — neste caso até em mais de um sentido — renascem o próprio mundo e a divindade, a possibilidade de comunhão com esta, o que, evidentemente, não é exequível sem uma prévia separação. Penso, assim, que foi a fixação da imagem granítica do Cristo, uma das primeiras que a memória alcança, que tornou possível separar a minha pessoa de um todo muito mais vasto, aglutinado na presença Dele.

Inaugurava-se aí o meu "eu", na medida em que ele, este "eu", como posso vê-lo agora, começava a desconfiar de sua insignificância, seu desamparo, sua solidão.

Submergindo, porém, ainda mais fundo no tempo, creio poder sintonizar num momento ligeiramente anterior a este "eu" e ouvir cantarem melancolicamente as cigarras, como é habitual no horário. Subitamente, uma delas interrompe o seu cântico (termo mais solene e apropriado à ocasião) e cai da árvore onde pousara, com o ventre estourado, aberto para o vazio.

Nesse momento, certa mão pálida e crispada se estendeu sobre mim, para arrancar-me a prova das mãos. Não sei se a irmã Marly, cujo vulto eu pressentia havia algum tempo às minhas costas, lera por cima do meu ombro aquelas últimas palavras. Mas julguei sentir suas veias salientes, que chegaram a roçar-me, pulsarem no mesmo ritmo acelerado do meu coração.

Não sei nem se aquelas teriam sido as minhas últimas palavras, caso dispusesse de mais do que aqueles arbitrários cinquenta minutos. Só sei que, com o gesto extremado e nervoso da irmã Marly, minha construção ou desconstrução fora suspensa inapelavelmente diante daquela fissura para o inacabado, a imperfeição, o vazio. Na verdade, essas últimas palavras me surgiam justamente como um princípio, talvez de uma nova vida. E, como um velocista que conclui um percurso delimitado, mas não pode estancar de um só golpe, sob pena de seus músculos — ou sua mente, no caso — enrijecerem, eu me sentia compelido a ir adiante, não mais numa prova, mas para além dela, cada vez mais, numa escrita interior e invisível.

Ao deixar a sala deserta, que a irmã Marly abandonara algo precipitadamente, mais do que meramente mudado, eu estava transfigurado e, no caminho que me conduzia à antessala, no rastro da irmã Marly, era guiado por uma essência, literalmente, a fragrância tênue e imaterial de um perfume.

Chegando, porém, à antessala, onde a irmã Marly, ainda com as provas debaixo do braço, cochichava alguma coisa com o irmão Romualdo, presumivelmente a meu respeito, o perfume tornou-se material e mundano.

Meu espírito, contudo, permaneceu inalterado, alerta e altivo. E soube, desde logo, que não se irradiando do irmão Romualdo aquele perfume, feminino demais para ele, nem de sua esposa, que estivera próxima de mim o bastante para eu conhecer que o cheiro bom que se espraiava do seu corpo, para além de sua essência mais profunda, provinha apenas de algum prosaico sabonete, só podia então ter sido irradiado daquela outra, a falsa loura, a falsa secretária, com seus falsos óculos sem grau, mas com suas pernas verdadeiras, anunciando que ela permanecera naquela saleta tempo suficiente para esclarecimentos suplementares sobre a sua pessoa, que, por alguma razão, não caberiam por escrito numa prova. Como se tivesse estado presente, eu a vi: debruçada sobre o irmão Romualdo, cochichando em seu ouvido algumas informações, num tom ainda mais sussurrante que o da irmã Marly, como uma convidativa e noturna brisa marinha. Vi o perigo que isso representaria à nossa seleta e austera comunidade. Afinal, quem era ela? Seria todo o mundo falso; a prova, uma farsa; o jogo, de regras obscuras? Ou não passava isso de mais um delírio do verbo disparado sem freios?

De qualquer modo, vi e escrevi, interiormente, também o futuro. E, nesse futuro, eu me solidarizava com a irmã Marly, cujo rosto, acabrunhado pela dor, se aninhava entre lágrimas, com seu delicado pescoço branco, em meu ombro, enquanto suas unhas, inconscientemente, se cravavam como garras em meu peito, irmanando-nos numa mesma flagelação. "O que vou fazer, irmão Mauricio?", ela dizia, desesperada, e eis, num sentido mais corriqueiro e tirando a qualificação prematura, quem sou eu.

Devo dizer que tudo isso não durou mais do que alguns segundos e que logo o irmão Romualdo já se levantara para despedir-se de mim com um vigoroso aperto de mão e um "espero revê-lo", sorridente, aos quais correspondi.

Irmã Marly não disse nada e nem mesmo sorriu. Tendo o irmão Romualdo à sua frente, como um escudo, apenas fixava o olhar profundo em mim.

"A Deus", eu disse da porta, como quem levanta um brinde. E, já no elevador, o aroma do perfume se diluía entre outros odores e pensei que o fluxo, para o bem de todos, finalmente se estancara. Mas logo iria constatar que isso se dera apenas com o *meu* fluxo, pois havia outros fluxos, correspondentes a outros *eus*, mais especificamente um deles, todos sequiosos de expressão, como uma praga.

Pois mal comecei a andar pela calçada, ouvi um chamado. Olhei em torno e vi: sentado ao balcão de um botequim com pretensões a lanchonete, um dos meus colegas de prova — aquele de terno feito e bigode — convidava-me a que me juntasse a ele. Só então me dei conta de que o que me torturava as entranhas era fome, como se parte delas houvesse servido de pasto para as minhas palavras.

4

— Você escreve, hein! — ele disse, assim que me sentei ao seu lado, já arrependido.

— É... — eu disse, com a entonação mais vaga possível, pois não sabia se considerava aquilo uma crítica ou um elogio.

Estava também tentando lembrar-me de quanto, exatamente, a Rosinha pusera no bolso do terno, para fazer uma comparação dessa estimativa com os preços pintados no espelho do botequim que nos refletia. Não queria conferir aquela mixaria na frente daquele sujeito e decidi-me por uma média com um pão de queijo, pois não conseguia enxergar nenhuma opção mais barata.

— Se me permite, o que o senhor faz na vida? — ele perguntou, como se houvesse feito uma avaliação crítica da minha estimativa silenciosa. Ele próprio estava tomando uma vitamina de qualquer coisa e já comera metade de um sanduíche que tinha carne no meio.

Eu ia dizer que era jornalista, mas certamente ele se perguntaria o que levava um jornalista a batalhar um emprego que ele próprio estava batalhando. Resolvi, então, dar uma resposta mais convincente, até porque era mais verdadeira.

— Faço crítica de livros — eu disse, procurando dar o tom mais natural possível às minhas palavras. — Mas nem por isso precisa me chamar de senhor.

— Imaginei qualquer coisa assim. Para você a prova deve ter sido mole, não?

— Nem tanto — eu disse.

Procurava economizar palavras porque já estava comendo. Ele não se importava de falar com a boca cheia.

— Modéstia sua. Não precisa esconder o jogo comigo. Não estou correndo no mesmo páreo que você.

— Ah, não? — falei, surpreso de verdade.

— Sou vendedor — ele revelou com orgulho. — Mas também não precisa me chamar de senhor.

— Também imaginei qualquer coisa assim — eu disse e ele riu. Não era tão burro quanto parecia à primeira vista. — Você vende o quê? — perguntei, mais para ganhar tempo, pois o primeiro gole no café com leite, que havia chegado, era uma operação delicada, que implicava o risco de derramá-lo no terno do meu cunhado.

— Adivinhe — ele disse, sorridente.

— Planos de saúde — eu adivinhei, porque foi a primeira coisa que me veio à cabeça. A gargalhada que ele soltou me fez derramar café com leite no pires, com respingos no balcão.

— Essa é muito boa — ele dizia e, por um instante, pensei que fosse me dar um tapa nas costas, de tanto contentamento.

Desisti de vez do café com leite e pedi uma coca-cola, para fazer descer o resto do pão de queijo, que parecia de borracha. Aproveitei para pedir também a minha nota.

A cara de ofendido que ele fez podia ser absolutamente falsa, mas o que falou a seguir merecia alguma atenção.

— Você é meu convidado — disse. Para confirmar suas palavras, pediu mais dois pães de queijo, que eram obviamente para mim.

Eu preferia alguma outra coisa, talvez umas empadinhas, mas fiquei inibido de pedir. Só mandei o balconista retirar a média e passar um pano no balcão. Para ficar mais à vontade, tirei o paletó, pousando-o no colo, e voltei-me para o meu colega.

— Bom, pelo visto errei. Você vende o quê na vida?

— Você vai se espantar, a princípio, mas depois perceberá que é um negócio como qualquer outro, talvez até melhor. Vendo lotes num condomínio chamado Jardim da Luz.

— Sim, é um negócio como qualquer outro — concordei, mais interessado em mastigar corretamente o segundo pão de queijo. Foi aí que começou a se desencadear o verdadeiro fluxo que revelava o "eu" de um outro, o que, quando nada, ensinava-me que eu não era só no mundo, para pior ou para melhor.

— É o que sempre procuro transmitir às pessoas — ele disse —, uma dose de aceitação e até de otimismo. Se todo mundo morre, por que não assumir logo isso e preparar-se adequadamente? Além do mais, o Jardim da Luz não é uma necrópole comum. São lotes de verdade, de vários tamanhos, desde o mínimo necessário à dignidade, para que as pessoas possam enterrar seus entes queridos ou a si mesmas com toda a simplicidade, as que assim preferirem ou dispuserem de uma situação pecuniária que apenas lhes permita isso, até o máximo ambicionado, para os que desejarem erguer, não digo mausoléus, porque não gosto dessa palavra, acho que ela não funciona, a não ser em casos excepcionais, mas pequenas edificações, monumentos, esculturas, ou capelas privativas que possam acolher parentes e amigos, com a arquitetura e a decoração que os clientes idealizarem, apesar de termos um catálogo oferecendo algumas sugestões. Infelizmente não o trouxe aqui para você ver. Tem uma até com um pequeno lago em torno, com plantas aquáticas, embora eu deva reconhecer que é um certo exagero, mas o fato é que as pessoas têm fantasias que a gente nem imagina mas deve prever. E mesmo que nunca saia do papel para a realidade, já terá servido como uma ilustração que ajuda os clientes a refletir.

Ele fez uma pausa para ver se as suas palavras haviam causado algum efeito em mim — e haviam, embora eu continuasse a comer, olhando às vezes para ele, não diretamente, mas pelo espelho, me perguntando se aquilo de fato podia estar acontecendo comigo, e estava — e logo prosseguiu.

— Mas uma coisa bem mais simples que aconselho a todos, ricos e pobres, é plantar arbustos e flores em seus lotes. E se dispomos de sementes e mudas já preparadas, sem qualquer acréscimo no preço, sugerimos às pessoas que tragam suas próprias mudas e sementes, porque é uma coisa muito pessoal, entende?

Eu disse que entendia. Finalmente tinha conseguido matar o segundo pão de queijo com a ajuda da coca-cola.

— Do mesmo modo que permitimos — ele continuou — que os proprietários se encarreguem pessoalmente da jardinagem, apesar de dispormos de gente especializada para isso, é claro. E não estou falando só dos parentes, mas dos próprios mortos, quer dizer, dos futuros mortos que seremos um dia, até eu e você.

Neste ponto ele suspirou — e seus olhos estampavam uma profunda melancolia — enquanto fazia com os dedos um sinal para o balconista que tinha mais ou menos a dimensão de uma garrafa (o sinal).

— É terrível imaginar que até os jovens morrem, mas morrem. E os parentes, desesperados, podem encontrar algum consolo no fato de que eles permanecerão como parte da natureza que brota da terra. E mesmo não se tratando de jovens, é reconfortante saber que, de alguma forma, naqueles sólidos galhos e naquelas flores frágeis e passageiras, os seres que amamos e até mesmo nós mesmos prosseguimos. Você pode ou não acreditar em Deus, mas uma coisa é científica, nada se perde, tudo se transforma e não estamos mentindo às pessoas quando lhes dizemos que, no Jardim, todos estarão vivos. Só que transformados, aliás, uma coisa que várias religiões professam, mas é preciso ter cautela quanto a isso.

— Concordo — eu disse, observando-o encher o meu copo de cerveja.

Ele pareceu surpreso, como se esperasse alguma objeção reveladora da minha parte.

— Ah, concorda? E tem toda a razão, não só por causa do preconceito muito arraigado entre os cristãos contra o que eles chamam, generalizando, de espiritismo, mas porque há gente que prefere outras opções.

— Claro — eu disse.

Ele me examinou atentamente:

— Por acaso você é ateu?

— Agnóstico — eu disse prontamente, embora jamais houvesse me ocorrido definir-me assim.

— Ah, muito bem, entendi... — ele falou, antes de fazer uma longa pausa para tomar um longo gole, no que o imitei.

Tive quase certeza de que ele nunca ouvira aquela palavra, mas não é assim que aprendemos novas palavras, encaixando-as, como num quebra-cabeça, no contexto das palavras que as antecederam e das que as vão sucedendo? Ainda que, no caso, tal sucessão fosse um silêncio que o próprio aprendiz devia preencher. Talvez para ganhar algum tempo, ele perguntou se eu gostava de batata frita — e eu gostava —, mas se aprendiz ele fosse, era dos mais dotados, porque logo já discorria com versatilidade sobre o tema, depois de ter ordenado as tais fritas.

— Para falar a verdade, essa me parece a opção mais inteligente e acredito até que a adote no fundo, pois na minha profissão a gente é obrigado a lidar com pessoas de todas as crenças e acaba influenciado por elas, desde as que acreditam numa vida futura, da alma e até do corpo, até as que pensam que vão desaparecer completamente e podem mesmo preferir isso. E olha que não estou falando dos suicidas (*aqui ele deu duas pancadinhas no balcão*), que são um outro departamento, apesar de sua incidência estatística não ser assim tão desprezível, mas de pessoas normais, que consideram satisfatório o seu quinhão de vida, porque tiraram o máximo que podiam dele e caminham corajosamente, quando não com um certo prazer, para a morte, ou então, ao contrário, porque acharam tudo tão ruim que acham melhor não deixar vestígios, pois têm medo de uma outra vida igual ou pior do que esta. Alguns, inclusive, buscam refúgio na ideia de fornos crematórios, e disso não dispomos, porque de certa forma vai contra a nossa filosofia, como se as cinzas pudessem ser um obstáculo para os desígnios de Deus de reconstituí-los, caso Ele os tenha. Mas uma coisa todos eles têm em comum: um certo desejo de paz, compreende?

— Compreendo perfeitamente — eu disse, enquanto ele enchia mais uma vez o meu copo.

Eu havia desistido do terceiro pão de queijo e aguardava as

fritas. Mas estava sendo sincero, embora a minha paz talvez não fosse exatamente a dele.

— Não é verdade? — ele disse. — Pois é isso, basicamente, que na minha atividade a gente procura levar às pessoas, um pouco de paz. Tentamos fazê-las encarar a morte como uma consequência natural da vida, com a qual temos de lidar. Não há nada de tão terrível assim na coisa, para os que estão mortos, principalmente. E também para os que ficam, se eles se impregnarem do espírito correto e se imbuírem do pensamento de que os que habitam ou habitarão o Jardim da Luz estarão descansando, como se dormissem imunes a tudo, até mesmo aos pesadelos, não estou certo?

— Sem dúvida — eu disse, desta vez mais porque as fritas haviam sido colocadas à nossa frente.

Ele pescou pensativamente uma delas com um palito (no que o acompanhei) e suspirou, como se sentisse nostalgia de uma coisa que ainda nem acontecera, talvez uma ilusão inalcançável. Posso até ter copidescado um pouco as palavras dele, pois a memória sempre nos trai e o verbo do outro é ainda mais difícil de captar do que o nosso, mas era sem dúvida o verbo de um sonhador, um lírico, que até o balconista, que tinha cara e sotaque de nordestino, e mesmo o caixa, mais ao longe — e ainda um ou dois gatos-pingados que frequentavam aquela espelunca —, escutavam de boca aberta, embora, de repente, esse verbo pudesse ser atravessado pelo relâmpago da realidade.

— É, mas infelizmente nem todos pensam como nós — ele prosseguiu. — Você não imagina as dificuldades que enfrento; às vezes sou escorraçado como se estivesse levando alguma moléstia contagiosa até as pessoas. Desmanchei até um noivado por causa disso. Minha noiva praticamente me deu um ultimato: ou ela ou a minha profissão. Mas a gente ia viver de quê? Você é casado?

— Quase — eu disse. — Estou apenas esperando um emprego.

— Ah, bom, é justamente isso. Mas espero que a sua noiva seja bem mais compreensível que a minha. A minha disse que estava cansada de mentir, que não sabia mais o que dizer às amigas quando elas perguntavam o que eu fazia na vida. Diga sempre a verdade, eu disse. Mas às vezes eu digo, ela disse. Digo que você é corretor de lotes. Aí querem saber onde ficam os lotes. O problema maior foi que uma tia dela quis comprar um, acho até que para nos ajudar. Qual é o nome dela?, perguntei. Eulália, ela falou. E o endereço? Isso ela se negou a me fornecer. É só para enviar o meu cartão, expliquei, pois acho que num negócio especial como o nosso os clientes devem ter a oportunidade de tomar a iniciativa. Ela se mostrou irredutível. Mas não foi difícil fazer chegar o material àquela senhora. Era só uma questão de consultar com paciência o catálogo telefônico, munido de uns poucos sobrenomes prováveis. Mas telefonar, foi ela quem me telefonou, depois de receber um prospecto e o meu cartão. De qualquer modo foi o fim. Com a minha noiva, quero dizer. Pois a tia Eulália me serviu até um licor com biscoitinhos, porque as pessoas são boas, no fundo, e, geralmente, quando compram um lote ou um jazigo já pronto estão pensando na própria morte e não na dos outros, o que achariam indelicado. É como fazer um seguro de vida, pois não querem deixar problemas para os parentes. Esse é um conselho que eu lhe dou: se quiser vender um lote desses contate o próprio interessado e não a família, a não ser que o desfecho já tenha ocorrido, e aí você só poderá mesmo vender um jazigo às pressas. Mas se você comprar um lote em seu nome, nada impede que enterre ali os parentes ou qualquer outra pessoa que indicar, desde que a metragem seja suficiente. Pegou o negócio?

— Peguei — eu disse, enquanto pegava também três fritas com um só palito.

Ele parecia saciado, pelo menos no que tocava ao seu discurso, e pediu mais uma cerveja e uma cachaça. Tudo por conta do Jardim, explicou, pois apresentaria a nota como um almoço com um cliente. Aliás, disse, todos somos clientes em potencial (*aqui ele arreganhou os dentes e tive certeza de que a cachaça e as cervejas iriam virar refrigerantes na nota, e as fritas, bifes com fritas*). E eu podia pedir o que quisesse, desde que não fosse camarão ou uísque. Ele só tomava uma cachaça porque era um hábito simples da sua juventude pobre, que não havia perdido.

Devolvi a última das três fritas, dilacerando-a contra o prato, e comecei a falar pausadamente, com toda a calma.

— Olha, vou ser franco com você, como é mesmo o seu nome?

— Ivanildo.

— Vou ser franco com você, Ivanildo, porque você me parece um cara legal e não quero que tenha ilusões a meu respeito. Se o Jardim está gastando essas cervejas e batatas comigo na esperança de que eu compre um túmulo, pode desistir. Sou jovem e saudável e, se tivesse dinheiro, não estaria prestando concurso para um emprego desses. Aliás, se eu tivesse dinheiro, não iria gastá-lo com um túmulo. Para falar a verdade, não dou a mínima importância para o que vão fazer com o meu corpo depois de morto. Acho até que prefiro virar pó do que uma árvore, porque as árvores também sofrem. E entre a dor e o nada, prefiro o nada. Pago um pão de queijo, a coca e o café com leite e ficamos quites, ok?

Ele aguardou, impassível, que eu terminasse a minha peroração — que fora ficando cada vez mais enfática, como se as próprias palavras descarregassem adrenalina no meu sangue — para pegar o seu cálice de pinga que havia chegado enquanto isso. Antes de tomá-la de um só golpe, esparramou no chão "o gole do santo". De fato era um sujeito eclético, para não dizer ecumênico.

— Você quase me magoa, mas vou fingir que não ouvi isso — ele disse, com os olhos lacrimejantes, evidentemente por causa da cachaça. — Tenho prazer no que faço e é uma satisfação almoçar com você. Não condicionamos os nossos almoços de negócios ao êxito imediato, temos uma percepção do futuro, capital e paciência, para deixarmos as pessoas refletirem sobre as vantagens do que temos a lhes oferecer e acabem por vir, de livre e espontânea vontade, até nós. Se o nosso objetivo fosse o lucro puro e simples, deixaríamos o nosso dinheiro aplicado no mercado financeiro como todo mundo e ficaríamos em casa descansando em paz desde já. Não vou dizer que o Jardim é um empreendimento totalmente social, mas você ficaria impressionado com as nossas facilidades. No seu caso, apenas para citar um exemplo, poderíamos esperar até você conseguir esse emprego, que tenho certeza de que vai conseguir, para cobrarmos a primeira prestação. Isso se...

Aqui ele fez uma pausa, para tomar dois goles, um de cachaça e um de cerveja, e pegar umas fritas, talvez para que eu tivesse tempo de emitir alguma manifestação da minha vontade, que não emiti, a não ser que o silêncio pudesse ser entendido como tal.

— Isso se... — ele retomou — não tivéssemos planos bem mais ambiciosos para você do que a simples venda de um lote, coisa trivial que os nossos agentes tiram de letra todos os dias, pois fregueses é o que não nos falta, apesar do baixo poder aquisitivo do povo brasileiro. E se coloquei você a par das várias facetas do nosso empreendimento foi exatamente por causa desses planos.

— Que planos? Um enterro de luxo embalsamado num sarcófago?

A gargalhada que ele deu foi franca e cordial. Deixei de lado qualquer ressentimento e pesquei mais uma batata frita no prato.

— Não estou dizendo? — ele falou. — Eu não ia tomar o tempo de um homem com o seu gabarito intelectual apenas para vender-lhe um túmulo, para usar a sua expressão. Como não ia entrar numa provinha dessas para escrever folhetos de propaganda de uma igreja que nem sei se acredito nela.

— Claro — eu disse, com uma ponta de ironia na voz, que ele ignorou.

— Olha, vou lhe confessar um negócio para o qual peço o maior sigilo — ele disse, olhando para os lados, como se alguém, a par do balconista, pudesse estar nos espionando. — Só quero pôr um pé na organização. Sabe o que escrevi na prova, além do meu nome, do meu endereço e do telefone, residencial e comercial? Um breve histórico. Não meu, evidentemente, mas do nosso empreendimento. E coloquei-me à disposição do irmão Romualdo para maiores esclarecimentos. Sugeri, também, que tomaria a liberdade de contatá-lo, caso ele não dispusesse de seu tempo precioso para vir até mim. Agora me responda uma coisa: você acha que entrei nessa prova apenas para vender um lote ao irmão Romualdo e àquela outra irmã com o pescoço meio de girafa, desculpe-me a comparação, como é mesmo o nome dela?

— Marly — eu disse irritado. — Irmã Marly!

— Isso mesmo. Você acha que eu ia me dar a todo esse trabalho de um exame escrito, coisa para a qual tenho a maior dificuldade desde menino, só para vender um ou dois lotes para os examinadores e candidatos?

— Para ser franco, acho que sim — falei.

Estava meio amuado. Além disso não havia mais fritas e eu precisava ir ao banheiro. Ele sorriu, satisfeito, como se eu lhe tivesse feito um elogio:

— Não está totalmente enganado, porque a gente nunca descarta essa possibilidade. Mas agora vamos ver se é ainda mais esperto para descobrir o que propus de fato ao Romualdo nas entrelinhas.

Eu era, e descobri:

— Todos aqueles que forem seguidores do Romualdo poderão ter direito, mediante uma contribuição extra à irmandade e, por consequência, ao Jardim, *fifty/fifty*, a uma seção cativa do Jardim da Luz, com decoração especial, estatuário adequado e tudo.

Ele me olhou, impressionado, enchendo os nossos copos com a nova cerveja que o balconista pusera à nossa frente, sem aguardar um pedido.

— Eu sabia que você era um sujeito inteligente, mas foi além do que eu esperava. Acertou quase na mosca.

— Quase? — eu disse, não nego que um pouco decepcionado.

— Sim, quase, embora possa acontecer justamente isso que você propôs, apenas. Mas se as coisas caminharem no rumo desejado, pretendo reservar *todo* o espaço do Jardim para os Servos do Senhor, o nome deles, como descobri. Investiguei mais ainda. O Romualdo não passa de um testa de ferro, como ele mesmo admitiu, daquele peso pesado, o tal de Masterson, que, por sua vez, pode estar encobrindo alguém ainda mais importante, coisa que compreendo, porque no nosso negócio também tem gente que não quer aparecer. A sede real deles está na Califórnia, mas o Romualdo é um homem de iniciativa e tenho certeza de que fará daqui uma importante ramificação. O povo brasileiro tem muita fé, você não acha?

Ignorei esta última pergunta e argumentei, já de pé:

— Pelo que entendi você está querendo vender o Jardim inteiro ao Romualdo. Não acha que isso fere o espírito ecumênico da coisa?

— O que você quer dizer exatamente com isso? — ele inquiriu, segurando o meu braço, talvez porque a sua capacidade de operar com palavras conhecidas, como *espírito da coisa*, para chegar às desconhecidas, como *ecumênico*, houvesse sido minada pela mistura da cachaça (ele já tomara a segunda) com a cerveja.

Recolhi o meu braço, antes de responder:

— Os que acreditam em outras religiões ou em nada ou somente em permanecerem transformados em arbustos, ou flores, como é que eles ficam, inclusive os agnósticos como eu? Porque o Romualdo e o Masterson devem ter uma concepção bem delimitada do que seja um cemitério e do que acontece a partir dele: um paraíso bem administrado por Deus, com anjos, hinos, a mise en scène inteira.

Depois de falar, tive a impressão de que o fizera como se tomasse parte no empreendimento, numa reunião de diretoria ou algo assim.

— Bem — ele ponderou —, pessoalmente não tenho nada contra essa mistura que você disse, pois acho que todos são iguais depois que morrem. E se o Romualdo quiser exclusividade, vai ter de pagar por isso, correto?

— Correto — eu disse. — Mas onde é que eu entro nessa história toda?

— Muito simples. Fazendo o que você já sabe de sobra: escrever. Observei-o atentamente durante boa parte da prova, pois não levei mais do que uns quinze minutos para dar por terminada a minha. Só não a entreguei imediatamente porque poderia parecer que eu não sabia como responder aquela questão: quem sou eu? (*aqui ele fez uma pequena pausa, como se meditasse sobre isso, mas logo continuou*). Além do mais, queria examinar os colegas e notei a velocidade com que você escrevia, como se tivesse tanto a dizer que nem caberia naquelas páginas. Acho até que se o deixassem você ficaria ali por horas e horas, explicando quem você era.

— É, talvez você tenha razão, mas preciso refletir — eu disse, já me encaminhando decididamente para o banheiro. Por um momento, pensei em levar comigo o paletó, mas não havia nada de valioso dentro ou fora dele.

O banheiro era lastimável, consistindo apenas num cubículo com um vaso sem tampa em seu interior. Para urinar, eu tinha de pisar na ponta dos pés numa poça, enquanto evitava que o meu próprio jato atingisse os cocôs que boiavam na privada, aumentando a contaminação do ambiente, impróprio até para uma barata, que se afogaria ou sufocaria nele.

Refleti sobre o ser humano e sua podridão. Por contraste, pensei também no Jardim da Luz, com suas cruzes e flores e pássaros cantando. Esta era uma ideia que eu poderia levar a ele e ao Romualdo, um dia, se fosse pago para isso, evidentemente: soltar vários espécimes de pássaros no Jardim, de modo que o ruído ambiente compusesse uma sinfonia. Os pássaros bicariam a terra, para transportar as nossas sementes e as dos nossos queridos para outras plagas, outros campos e quintais. Não era precisamente esse o espírito metamórfico e transbordante da natureza?

Ao virar-me para a porta, no entanto, depois de aliviar a bexiga, tive um choque: as coisas escritas, desenhadas ou esculpidas naquela madeira podre envergonhavam o gênero humano. Recuso-me a reproduzir qualquer uma delas nesta materialização escrita do meu fluxo silencioso. Pensei em como seria bom se a Terra se extinguisse em fogo um dia, sem deixar rastro ou resíduo dos que a habitaram, reduzidos então à antisséptica pureza do vazio, regida por um perfeito silêncio. Depois desse fogo, as trevas gélidas emanadas de um sol extinto. Tal pensamento produziu-me um grande bem-estar e, por um instante, consegui pensar em nada. Não seria esta, pensei a seguir, a verdadeira, essência extática da eternidade: o nada absoluto sem ninguém a refleti-lo?

Bem, eu ainda estava vivo e, enquanto lavava as mãos no pequeno filete d'água que escorria da pia, à entrada do que eles chamavam de banheiro, não pude deixar de examinar-me no espelho partido obliquamente. Quem era eu?

Mas, para além da minha dupla face, os olhos avermelhados de sono e cerveja, também o vi, como pano de fundo, confidenciando alguma coisa ao balconista nordestino. Era um *workalcoholic*, literalmente, com certeza tentava vender um túmulo, talvez uma simples gaveta, ao pobre serviçal. Séculos de misticismo os contemplavam. Quem eram eles? Quem éramos nós todos?

— O que você quer que eu escreva? — indaguei, voltando ao balcão.

Ele se desinteressou imediatamente do garçom, se é que o rapaz merecia tal título.

— Quero cartas individualizadas e folhetos adaptados à diversidade dos nossos clientes, por enquanto, com pontos em comum e outros contraditórios entre eles. Acho que o erro dos nossos prospectos tem sido o de tratar a todos como massa indistinta, quando a morte de cada um é um evento singular e personalíssimo, mesmo nas grandes catástrofes.

— Os negócios não vão bem?

— Vão, mas poderiam ir melhor. Mas quem sou eu para ensinar a você o que deve escrever? De qualquer modo, tomo a liberdade de informar-lhe que o assunto, basicamente, são todas aquelas coisas que eu lhe disse sobre o espírito alternativo, ecumênico (sim, *ele aprendera a palavra*) e até revolucionário do Jardim. Algo que talvez eu pudesse definir como uma mistura de flores e vermes, trevas e fogo, o sagrado e o profano, a paz purificadora que se segue ao cataclismo terminal. O canto alvoroçado dos pássaros ao amanhecer, aflito e melancólico no crepúsculo, cedendo lugar ao mavioso silêncio. Porque certamente os pássaros virão aos bandos ao Jardim, atraídos por seu ambiente propício à deterioração, à devoração e à transformação. Você já pensou no que sonham os pássaros?

— Confesso que não — eu disse.

— Eu também não, até este momento. Não serão esses sonhos, como os nossos, cheios de beleza e de fúria?

— Você já foi ao banheiro? — perguntei.

— Fui — ele informou. — Antes de você chegar. Já vi melhores e piores nos altos e baixos desta vida.

Era impressionante. Falava eu "nele", ou ele "em mim"? Como ele também já fora ao banheiro, talvez houvesse passado pelo mesmo gráfico ziguezagueante entre o escatológico e o sublime. Posso até ter copidescado um pouco, como já disse, mas o tom era esse mesmo. O nordestino o olhava boquiaberto, com um fio de baba prestes a pingar sobre o balcão de fórmica. Tive a impressão, talvez ampliada pelos vapores etílicos, de que se o meu interlocutor pregasse no Nordeste seria beatificado como o Conselheiro ou o Padrinho Cícero.

— Você é poeta? — indaguei.

— Quem dera. Já sofri em várias frentes, às vezes até simultaneamente. Mas sou apenas um homem comum, condenado a viver em segredo os seus sentimentos.

Não entendi por que um homem daqueles precisaria de alguém para dizer as coisas em seu nome e expus isso honestamente para ele.

— É justamente esse o ponto, não consigo falar as coisas por escrito.

— É só escrever como você fala.

— Falar é fácil. Mas quando tenho um papel diante de mim fico inibido. O suor me escorre do rosto, entro em pânico. É como se tivesse medo de deixar rastros, compreende?

— Acho que sim — eu disse. Estava pensando se por acaso

ele já não tivera problemas com a justiça. — E como você fez na prova? — perguntei.

— Eu me limitei a propor o negócio ao Romualdo e, mesmo assim, tive de copiar tudo de um resumo que trouxe no bolso, com os pontos fundamentais. Penso, inclusive, em ceder um lote de cortesia ao Romualdo e à Marly. Mas isso não deixei claro, porque há coisas que não ficam bem por escrito, entende? Seria como uma espécie de exemplo para os outros. Uma coisa que a gente já iria edificando. Aquela irmã Marly tem um tipo exótico de beleza que lhe dá a ideia de uma pintura, um retrato dela, em algum lugar estratégico, bem visível, do Jardim. Talvez porque as pessoas com um traço marcante, como aquele pescoço, sejam boas de retratar, você não acha?

— Isso com certeza — eu disse.

Era impressionante! Talvez além de um contágio das palavras e estilos, entre os seres humanos, existisse um outro contágio, telepático, das próprias mentes.

— E o que você acha, cá entre nós, da ideia de o Romualdo e a Marly serem sepultados juntos numa espécie de arca? Isso num futuro distante, claro.

— Acho bem romântica.

— Obrigado. Mas não pense que não notei agora há pouco que você simpatiza com ela. — Ele sorriu com benevolência, enquanto tirava um grampeador do bolso. — Quanto ao histórico do empreendimento, grampeei um dos nossos prospectos na folha de papel almaço.

— Quem o escreveu?

— O nosso antigo redator.

— E por que ele saiu? Salário?

— Não — ele informou com certa solenidade. — Faleceu.

Não consegui reprimir uma risada rápida e cortante. Essa, sim, fora a única piada verdadeiramente boa do dia. Mas, diante do olhar de tristeza dele, não excessiva, resolvi contemporizar.

— Faleceu de quê?
— Complicações hepáticas! — Ele suspirou. — Este, sim, tinha um quê de poeta.
— Você disse que o texto dele não era o ideal — lembrei, não nego que com um certo despeito.
— Sempre se pode escrever melhor. Mas, para o Romualdo captar meu recado, o texto dele será o bastante. Os homens de ação sempre se entendem (*aqui ele deu duas ou três grampeadas no ar, como para ilustrar suas palavras, antes de guardar o instrumento no bolso; parecia de novo animado*). O Romualdo pode saber bem como esbravejar em público, mas, diante de um papel em branco, aposto que as mãos dele também tremem, ele fica mudo. Se não, por que estaria atrás de gente como você para escrever os seus folhetos?
— É verdade — eu disse. — Mas se o Romualdo tomar a frente do negócio, adeus ao ecletismo das flores e dos vermes, à metamorfose em arbustos, talvez ao sonho dos pássaros, pois esses religiosos gostam de uma separação nítida entre o sacro e o profano, o santo e o demônio. Não seriam tão felizes no céu se não soubessem que outros estão padecendo torturas eternas. Eles se sentiriam logrados em algum ponto.
— Estou certo de que você saberá adaptar-se às circunstâncias. Afinal, é ou não é um profissional?
— Sou — eu disse timidamente.
— E então? Basta usar a imaginação e a criatividade, talvez até a fantasia, escrevendo algumas ameaças aos pecadores e promessas aos justos e vice-versa, para que os pecadores possam tornar-se justos e os justos não caiam na tentação de percorrer o caminho contrário, no que serão incentivados pelas visões do Jardim que ilustrarão as suas palavras. Mas a parte visual deixe por nossa conta. Temos um artista especializado nisso. Você trabalhará na retaguarda diretamente comigo e não precisará nem

usar esse troço, porque não vai aparecer para o público, pelo menos fisicamente.

"Esse troço" era o terno do irmão da Rosinha, o que me lembrou da própria. Dei uma olhada rápida no relógio. Era mais de meio-dia e o botequim estava se enchendo rapidamente com a turma do "almoço". Gente triste, feia e desesperançada, que me deixava deprimido. Mas ele parecia bem à vontade e continuou:

— E se o irmão Romualdo ficar com apenas uma parte do loteamento para enterrar os fanáticos dele, você também só precisará adaptar uma parte da sua mente, dividindo-a entre o útil e o agradável. Mas pense bem se essa necessidade de adaptação já não faz parte do espírito aberto e... (*aqui ele hesitou, parecia ter esquecido a palavra*).

— Ecumênico! — eu tive de completar. Mas existirão verdadeiros diálogos que não sejam a nossa voz ecoando no outro e vice-versa?

— Isso mesmo — ele disse satisfeito. — O espírito aberto e ecumênico do nosso negócio.

— Nosso?

— Sim, nosso, pois o Romualdo ficará encantado quando eu propuser o seu nome, porque a essa altura já estará lendo a sua redação. Um homem na posição dele deve se impressionar, inclusive, com a quantidade de palavras que um sujeito é capaz de produzir.

— Não tenha tanta certeza assim — eu disse, pensando no que escrevera.

Ele não entendeu, ou fingiu que não entendeu, o meu ceticismo, abordando-o sob outro ângulo.

— Bem, se o Romualdo quiser ser o proprietário da coisa toda, aí basta você conter também aquela outra parte da sua mente, ainda que seja a melhor parte, e expandir ainda mais a outra. Mas isso você terá de fazer de qualquer modo se for trabalhar só para a organização deles, sem mim. Mas, se for também comigo, pode ter certeza de que levarei em conta que você, de certa forma, estará violentando uma fatia das suas ideias e será recompensado por isso. Mas me diga qual de nós já não fez isso um dia na vida para ganhá-la?

Pela segunda vez, desconfiei que ele já tivera, ou ainda tinha, problemas com a justiça.

— Mas não se preocupe tanto — prosseguiu ele —, porque tenho um pressentimento de que o próprio Romualdo saberá ceder um pouco em suas convicções e levará com ele a Marly. Eles são muito práticos nessas novas igrejas e por isso estão deixando para trás a Igreja católica. E você me disse que não era católico, não é verdade?

— Mais ou menos — eu disse, pois não fora bem isso que quisera expressar com o "agnóstico".

— De qualquer maneira, você não precisará nem assinar o seu nome. Põe só irmão Maurício ou outro nome que lhe der na telha. Se quiser, não põe nada.

Como saberia ele o meu nome, se eu não havia nem me apresentado? Ele se apressou a esclarecer isso, mesmo sem eu perguntar.

— Tomei a liberdade de dar uma rápida olhada nos cupons de inscrição em cima da mesa na hora em que entreguei a prova. Com trinta e um anos, ali, só podia ser você ou a loura, embora ela talvez estivesse mentindo a idade. Aliás, podemos incluí-la também no negócio. Não para escrever, mas como relações-públicas, recepcionista ou algo parecido. Com alguns retoques ela deve servir, o que você acha?

— Olha, prefiro não dar palpite nisso. Põe quem você achar melhor.

Não sei bem por que, estava pensando se o irmão Romualdo e o meu interlocutor não teriam algum estremecimento por causa da loura. E a irmã Marly, como é que ficaria nisso?

Desta vez, ele não demonstrou ter captado o meu pensamento.

— O português, sinto muito, não vai dar. Nem aquele rapaz. Tem uma aparência doentia que pode assustar os clientes, a menos que você queira um ajudante para dividir a sua comissão, pois ele também escreve bem. Pelo menos foi o que me pareceu à distância.

— Comissão?! — Eu quase dei um pulo da banqueta, apesar de, em nenhum momento, ter me passado seriamente pela cabeça a ideia de trabalhar para ele.

Tinha sido apenas uma questão de pão de queijo, batata frita, conversa fiada, cerveja. E esta última já estava me dando vontade de ir de novo ao banheiro, só que preferia fazê-lo em casa.

— Sim, comissão! — ele assumiu incisivamente. — É assim que se ganha o dinheiro de verdade em corretagem. Comissão nas vendas em que você participar indiretamente com as suas cartas e prospectos, ou mesmo diretamente, se quiser um ganho extra visitando ou apresentando clientes. Agora que o conheço melhor e constatei que fala até inglês e francês, posso dizer que você, como a maioria das pessoas, não usa nem vinte por cento do seu potencial.

— Muito obrigado — eu disse, levantando-me e olhando, desta vez ostensivamente, o relógio.

— Calma — ele falou, segurando pela segunda vez o meu braço. Repeli-o quase com um safanão, mas ele não se mostrou magoado com isso. — Poderemos estudar também um salário fixo, se você preferir assim. Não sei o que tem demais na palavra *comissão* para as pessoas se assustarem tanto com ela. Nosso antigo redator, por exemplo, chegou a aceitar alguns lotes como pagamento e nem está enterrado lá, pois revendeu-os com facilidade. Você devia tomar cuidado era com o Romualdo, que é capaz de querer que você escreva para ele apenas em troca da salvação da sua alma.

Seus olhos brilhavam como um sinal luminoso de ironia, na expectativa de que eu risse, mas não ri. Apenas lhe estendi rapidamente a mão, embora não tivesse nenhuma vontade de fazê-lo, para que ele não tivesse dúvidas de que eu ia embora.

— Minha noiva está me esperando. Para o almoço — fiz questão de frisar.

Ele apertou vigorosamente a minha mão, no estilo do Romualdo.

— Você mora onde? — perguntou.

— Copacabana — menti.

— É meu caminho — ele disse. — Vou por Laranjeiras e o túnel. Posso lhe dar uma carona.

Porra, eu me esquecera de que o meu endereço estava no cupom. Mas nem por isso:

— Não, obrigado. Gosto de andar de ônibus. Me distrai e é um hábito simples da minha juventude, que ainda não terminou.

Ao contrário de mim, ele riu generosamente da minha ironia.

— HAHAHA! Gosto do seu espírito — disse. — Por isso insisto na minha proposta.

— Preciso de tempo para pensar — falei, apenas para livrar-me dele, enquanto começava a vestir o paletó.

Eu estava de braços abertos, indefeso como Cristo na cruz e, antes que pudesse fazer qualquer gesto de recusa, ele já tirara qualquer coisa do seu bolso para enfiá-la no meu. Recuei instintivamente e, por um momento, cheguei a pensar que me dera dinheiro. Essa fração de segundo foi suficiente, também, para que eu meditasse sobre até que ponto caíra na vida. Imediatamente ele desfez tal ilusão.

— Deixo com você um dos nossos prospectos e o meu cartão, inclusive com o telefone da minha residência. Não se preocupe em me dar o seu. A experiência no negócio nos ensina que as pessoas não gostam de ser invadidas em sua privacidade. Por isso preferimos deixar que elas venham até nós, depois de meditarem longamente no que temos a lhes oferecer.

— É uma política correta — eu disse, ainda sem virar-lhe as costas, mas dando dois passos estratégicos para trás, em direção à saída, com a condescendência de quem já está se livrando de um chato. Mas não devia ter-lhe dito nada, pois foi por essa brecha que ele penetrou para o assalto final.

— E está certo, mais uma vez. Só não digo que aprende depressa porque me deu a impressão de que já conhecia tudo antes de vir sentar-se justamente aqui ao meu lado. São os acasos da vida. Mas já que aconteceu vou lhe confessar uma coisa. Acredito em destino. E no seu estava escrito isso. Você não veio prestar essa prova para o Romualdo e sim tinha um encontro marcado comigo. Sem saber, você saiu hoje de casa para vir juntar-se a nós do Jardim da Luz.

Era demais. Dei-lhe as costas e me encaminhei decididamente para a rua. Ao pisá-la, já me esquecera completamente daquele sujeito.

5

O 184 circulava bem mais vazio a essa hora e não havia nenhuma ratazana de tênis, nenhum tipo neurótico, maluco ou suspeito dentro dele. Reencontrei-me com o Jorginho, o Silas e o Dida, porém algo tinha mudado. O estado do espírito não era mais o que antecede a um jogo e sim o que o sucede, e eu podia debruçar-me tranquilamente sobre a paisagem. Ao passar diante das comunidades anarco-utópicas dos Jardins da Glória, vi os mendigos a se banharem alegremente em suas fontes, regando, com seus respingos, rosas e lírios. A parábola de Cristo recuperava para mim um sentido.

Eu estava esgotado, mas era o esgotamento dos que foram à batalha e retornaram, não importa se vencedores ou vencidos. Pois ainda que o casal Romualdo e o reverendo Masterson possuíssem uma outra concepção do que fosse a Palavra, eu mergulhara com ela, minha própria palavra, simultaneamente seu cavaleiro e montaria, até o cerne da mata virgem, o âmago do verbo, o olho do furacão, para sair do outro lado vazio e renovado, para um novo princípio, uma ressurreição.

E, neste novo princípio, sem que houvesse um mínimo de intencionalidade, uma nova cena ia se inscrevendo em minha tela interior. Era uma propaganda idiota, que eu sempre via na televisão, em que um chefe de família se despedia da mulher e do filho, deixando-os angustiados e tristonhos em casa, e saía com um jornal debaixo do braço. No quadro seguinte ele estava de volta e, após um instante de suspense, bastava uma troca de olhares para que se atirassem nos braços uns dos outros, ao som de um jingle imbecil. Ele havia conseguido o emprego, graças aos *Classificados*.

Nesta repetição, o homem daquela cena era eu, com os olhos marejados de lágrimas, atirando-me nos braços da Rosinha e do filho, unidos num só corpo. Olhei para os lados, constrangido, para ver se alguém reparara na minha comoção. E, de fato, uma senhora olhava para mim com uma expressão de pavor. Logo depois deu o sinal para descer, deixando-me com a incômoda desconfiança de que se havia algum tipo suspeito, neurótico ou maluco no ônibus, este era eu. Pois, como de repente eu me dava conta, junto às lágrimas havia em meu rosto um sorriso vingativo: se eu ganhasse o emprego, ia enviar um folheto de fé para a mãe da Rosinha. Eu ia converter a velha ao protestantismo.

* * *

— Você bebeu — disse Rosinha.

Imediatamente se desfizeram o abraço, o beijo na fronte, as ilusões.

Ignorei as recriminações — "Você me deixa aqui esperando doida para saber como foi na prova e fica bebendo na rua, com certeza tinha mulher no meio, o macarrão está no forno, se quiser esquenta" —, acomodei o paletó de braços abertos numa cadeira e fui desfazendo o laço da gravata rumo ao banheiro. Se aquilo era um casamento, já começava por uma total falta de comunicação.

Estava pensando nisso, desfrutando do prazer de uma mijada em águas cristalinas, quando Rosinha entrou no banheiro. Trazia um papel nas mãos e estava mais conciliadora.

— Naqueles momentos da vida em que não se tem espaço a não ser para a oração e a saudade, nós estaremos junto com você cultivando um jardim. O que é isso, bem?

— De fato é bom, mas posso fazer melhor — eu disse, tomando-lhe o prospecto das mãos, sem virar o corpo para não molhar as calças.

Havia uma ilustração que mostrava um grupo de pessoas de mãos dadas diante de uma lápide quase inteiramente camuflada por ramagens e flores. Ao fundo, um bosque meio artificial, provavelmente fruto de uma montagem.

— É também esperto porque as pessoas estão de costas e não dá para ver se estão chorando — completei, devolvendo o prospecto a ela.

Rosinha o deixou cair displicentemente sobre a borda da pia. Estava tentando dar em seu pescoço um laço com a gravata que eu largara no porta-toalhas.

— O que você acha? — ela disse, examinando-se no espelho.

— Acho que você não tinha o direito de mexer no meu bolso — falei, irritado com a sua desatenção.

Ela segurou com força o meu pau. Ainda restavam aquelas últimas gotas que pingaram na calça.

— Faço com você o que eu quiser — ela disse.

— Quero ver.

Ela começou a desatar nervosamente o meu cinto:

— A sua sorte é que não havia nenhum nome de mulher no bolso. Só esse anúncio e o cartão de um tal de Ivanildo Gonçalves Ferreira.

Pronto, ele invadira a nossa privacidade. Murchei como um balão furado, libertando-me naturalmente das mãos da Rosinha, peguei o prospecto em cima da pia e escapuli para o quarto. Livrei-me com nojo daquela calça, chutei os sapatos para longe e deitei-me na cama. Abri o prospecto e li um trecho ao acaso. "Nós não dizemos essas coisas para que você fique preocupado, mas para que viva mais tranquilo a sua vida."

— Isso já não é tão bom — falei vagamente a Rosinha, que entrara no quarto e pegara a calça em cima da cama. O irmão dela pedira muito cuidado com tudo.

— Me dá a camisa — ela disse.

Tirei a camisa e entreguei-a à Rosinha. Enquanto ela saía do quarto, comecei a examinar a ilustração interna do prospecto. Exibia uma família numa sala de estar, incluindo uma velhinha saudável e quase transparente. O estilo era místico-expressionista. Algo parecido com o que se via em livros de catecismo ou espíritas. Comecei a suspeitar de que aquela sala, com sua decoração asséptica, com flores recém-colhidas sobre uma benfeitoria, ao fundo, que tanto podia ser uma falsa lareira como um altar, se localizava no interior de uma capela de velório. Defunto à vista, nem pensar. Mas aquela velhinha hiper-realista, não estaria ela sorrindo para nós, com benevolência, lá do outro mundo?

— É estarrecedor do que esses caras são capazes para ganhar dinheiro — comentei com Rosinha, que voltara com o paletó nas mãos e o dependurava no armário. Ela voltou-se para mim com os olhos fuzilando.

— Quer deixar de fazer mistério e me dizer se passou ou não passou nessa porra dessa prova?!

Olhei abismado para a Rosinha. Num rompante, ela tentara arrancar o vestido pela cabeça. Mas algo não funcionara. A gravata. O vestido se enganchara no pescoço e a Rosinha se debatia, seminua. Com o rosto encoberto, era como se pudesse ser qualquer uma outra, apesar de, gravidazinha, sugerir um pouco a irmã Marly. Observei-a com um interesse renovado. Quem era ela? Ou, mais exatamente, o que era a Mulher? Muitas vezes me parecera ela um ser superior e decidido, abocanhando o que ou quem lhe desse na telha, mas, de qualquer modo, um porto seguro onde eu pudera atracar o meu abandono, a minha perplexidade. Agora, ali exposta, sem um rosto preciso, ela me surgia com as proverbiais força e fraqueza do seu sexo, paradoxo perfeito para perpetuar a espécie e para a psicologia. Seriam todas, por consequência — e eu já ouvira que um dos sintomas era arrancar desesperadamente a roupa como uma pele que arde —, loucas?

Por outro lado, com a sua linguagem chula, ela me devolvera à penosa realidade do ganha-pão, pois eu havia me esquecido dos Servos do Senhor, ofuscados temporariamente pelo bosque encantado de plantas carnívoras do Jardim da Luz, de cuja digestão seria excretado, enfim, o espírito, ou, quando nada, a bosta evanescente e perfumada do nada. Suspirei, mais para mim mesmo, porque não esperava nenhuma espécie de cumplicidade com a minha nostalgia. Ainda por um outro lado, isso me enchia do orgulho estoico dos grandes solitários. Mas confesso que senti saudades do Ivanildo, do seu espírito malabarista como retorno e realimentação. E se me dirigia ao nome da Rosinha era para usá-lo como eco da minha própria voz, pois com a dela encapuzada, soltando imprecações e grunhidos, eu podia valer-me do gênero e do número para o qual mais naturalmente pendo: o monólogo. E, neste solo, quando o executei, estava falando indiretamente de todas essas coisas, embora não as dissesse explicitamente, porque não cabiam, pois é claro que tudo não durou mais do que alguns segundos antes que eu retrucasse:

— Não sei se passei não, Rosinha. A palavra é uma coisa problemática, escorregadia, para não dizer entrópica, sabe? Às vezes penso que se deve tratá-la com a delicadeza de um sopro; noutras, que só violentando suas formas se pode retirar alguma vida pulsante do barro. De toda maneira, não consigo atar uma relação de causa e efeito entre o que escrevo e um resultado prático, movendo as forças produtivas. Sabe o que eles me perguntaram na prova? Quem sou eu. Pode? Acho que minha vida adquiriu uma grande velocidade interior nessas últimas horas e parece-me até que sou outro e você dependurou o antigo no armário junto com aquele paletó. Quem você acha que eu sou?

Finalmente Rosinha conseguira se libertar da mordaça em que ela própria se metera.

— Acho que você é muito fresco, isso sim.

Não era verdade. Qualquer observador neutro e onisciente daquela cena bizarra, envolvendo uma mulher seminua de gravata e um homem deitado de cuecas, constataria que, para além da razão pura, uma reação instintiva se produzia nos nervos inferiores.

Talvez tudo não passasse de uma cena vulgar de sedução, pois a Rosinha escolhera entre os seus vestidos o mais indecente e o estendia sobre a pele, para ver o efeito que produzia.

— Vai sair? — perguntei, buscando a neutralidade daquele observador.

— Vou à revista entregar uma matéria — ela disse.

Pelas matérias da revista, sexo, moda, psicologia, a imagem que eu tinha da redação era a de que todo mundo trepava com todo mundo. Mas eu também tinha as minhas cartas na manga, sedutoras como quatro ases. Cruzei as mãos sobre a pele pálida do meu peito, cerrei os olhos e joguei o meu jogo.

— O que você diria se eu trabalhasse para um cemitério?
— Como assim?
— Se eu aceitasse a proposta do Ivanildo.
— Foi com ele que você bebeu?
— Foi.
— O Ivanildo é um pastor?
— Pode-se dizer que sim, pois também cuida das almas.

Pressenti a Rosinha se aproximando da cama.

— Ah, agora entendi — ela disse. — Esse tal de Jardim da Luz é dos religiosos da prova.
— Ainda não, mas vai ser. Um negócio que pode dar dinheiro segundo o Ivanildo.

Senti o peso da Rosinha sentando-se na cama. Porém, mantive a disciplina de não abrir os olhos nem descruzar as mãos.

— Eu sempre achei que esse negócio de pobreza é sentimento de culpa — ela falou.
— E os meus contos, as minhas críticas?
— Não vejo incompatibilidade.
— É, mas a noiva do Ivanildo o deixou porque ele era agente funerário.

Rosinha acariciou o meu peito.

— Eu ficaria orgulhosa de você.

Abri os olhos e sorri para Rosinha. Ela deixou cair o vestido que segurava contra o corpo e puxei-a pela gravata. Não que já tivesse me decidido a trabalhar para o Jardim. O meu interesse pela coisa era de uma ordem, digamos assim, especulativa. Mas isso era um problema para amanhã.

Amar à tarde, ainda mais de um dia útil, faz da claridade uma noite constelada, e da realidade, fantasia. Eu estava simultaneamente atento ao corpo da Rosinha, aos ruídos da rua lá fora, ao piar dos pássaros, às flores do prospecto sobre a cama, tão amarfanhadas quanto aquele vestido vazio de um corpo, lembrando um passado nebuloso na vida da Rosinha.

— Quem é você, Rosinha?

— Eu sou uma rosa — ela riu. — Me chama de Rosa. Gostei hoje de manhã.

— Rosa — eu disse, voltando a fechar os olhos.

Pensava se a irmã Marly seria capaz de fazer com o irmão Romualdo aquilo que a Rosa fazia agora comigo, ainda mais grávida e à luz do dia. Rosinha deve ter detectado alguma espécie de dessintonia, porque parou para perguntar:

— Em que você está pensando?

— No que sonham os pássaros. Você já pensou no que sonham os pássaros?

— Sabe, bem? Eu acho que você devia escrever era poesia.

A aula

Para começar, ele tinha em mãos apenas um ovo, e trevas, atravessadas por um feixe de luz. Como um prestidigitador, era com esse material que iria trabalhar. Examinou o rosto no espelho, os olhos avermelhados, e teve dúvidas se conseguiria dessa vez. Nesse momento da vida, se lhe perguntassem qual era o seu maior desejo, responderia sem hesitação que era o de ver respeitado seu direito elementar de permanecer em silêncio.

Havia pouco, ao subir os degraus da entrada da escola, antes de trancar-se no banheiro dos professores, sentira um princípio de vertigem, pontadas e compressão no peito. E, mais do que de morrer, teve medo de desabar diante de todos, caindo no ridículo. Se tivesse de acontecer, que fosse discretamente em seu quarto, embora, na cama, houvesse deixado alguém.

Um pouco antes, ainda, depois de estacionar o carro debaixo de uma das árvores centenárias do campus, ouvira a cantilena entoada por uma das enfermarias da clínica Pinel, encravada em pleno território da universidade:

*Vocês pensam que eu sou louca,
eu não sou louca não.
Eu sou louca é por homem.*

— Psiu, psiu, você aí — a mulher chamou lá de cima, entre risadas, segurando as grades da janela.

Ele apressou o passo, sem olhar de novo para o alto. Estava acostumado a circundar o hospital de loucos e a ouvir os seus ecos, mas hoje qualquer gota a mais poderia ser o limite.

Quando o despertador tocara, arrancando-o de um mundo infinitamente mais interessante e melhor, ele erguera meio corpo, desorientadamente, sem lembrar-se de que dia era hoje e do porquê daquele chamado. Como sempre, durante as férias, apagara da mente qualquer vestígio da matéria que lecionava. E foi só ao perceber a mulher na cama, ao seu lado, que se situou no tempo, reconhecendo-a como uma aluna sua de anos atrás, embora não tivesse, neste primeiro momento, a menor noção de como ela viera parar ali.

Levantou cuidadosamente o lençol, apenas para ver o corpo dela e, por um instante, sentiu um desejo intenso de aninhar o rosto em seu ventre, como se isso pudesse devolvê-lo àquele mundo mais interessante e melhor.

Protegendo-se instintivamente, ela virou-se de lado e encolheu-se toda, sem despertar. Ele tornou a cobri-la, com o mesmo cuidado, e escapuliu para o banheiro, onde tentou de todas as formas dissipar os efeitos do álcool em seu organismo.

Debaixo da água quente e depois fria, buscara unir os frangalhos do seu pensamento, que iam de vagas lembranças da noite passada, mas nenhuma lembrança de um sonho que intuía ter tido e que lhe parecia importantíssimo como todos os sonhos, até a necessidade de organizar mentalmente pelo menos um embrião da aula inaugural do semestre que daí a uma hora devia dar.

Saiu do banheiro, enrolado numa toalha, e entrou diretamente no escritório, onde, no meio da balbúrdia de livros e papéis que acumulara durante anos, formando um acervo do útil, do inútil e até do implausível, colhido em sua maior parte em jornais e revistas, foi atraído pelas trevas atravessadas por um feixe radioso de luz.

Meteu-as em sua sacola, junto com um par de óculos escuros, e sentou-se à mesa para rabiscar o seguinte bilhete, que, com fita adesiva, ia fixar no espelho do quarto: "Tive de sair. Quando você for, basta bater a porta". Um bilhete onde ficava implícito, ele supunha, que ela devia ir.

E agora, diante de outro espelho, o do banheiro dos professores, ele respirava fundo, na esperança de que o ar purificasse suas veias, eliminando a sensação de vertigem e o resto todo. Mas a preocupação com a queda tornava-a ainda mais iminente e ele pensou em sair dali de fininho, pegar o carro e ir enfiar-se na cama.

Mas lhe faltava a audácia para fugir. Porque, de um lado, havia os alunos já aguardando na sala e, do outro, um chefe de departamento que o encarava com a desconfiança dos acadêmicos diante dos *empíricos*, para se aplicar um rótulo bonitinho àqueles que fazem da imaginação e da fantasia uma realidade palpável, sua forma de ganhar o pão, o vinho e algumas coisinhas mais, seja transmutando essas realidades da imaginação em peças escritas, seja ministrando-as a discípulos indefesos. Aqueles, enfim, os *empíricos*, que são capazes de tirar ovos de uma cartola, e trevas, para atravessá-las com raios de luz.

Pois fora certamente num acesso de *empirismo* absoluto e radical que, no meio do caminho entre o estacionamento e a escola, ele parara num trailer e comprara um ovo.

Algo, no entanto, se podia dizer tanto a seu favor como contra: ele não parara ali para comprar o ovo e sim para beber uma coca-cola. E foi só quando viu o homem do trailer preparar para alguém um sanduíche que levava, entre outras coisas, um ovo frito, que sentiu o impulso de comprar um ovo fresco. Embora sua cabeça não estivesse batendo bem (ou talvez por isso mesmo), ele intuía que talvez se encontrasse aí a chave que lhe permitiria penetrar as trevas, o elo perdido à procura do qual se atormentara enquanto dirigia como um zumbi de casa até a escola. E não era um ovo, literalmente, um embrião? E não era disso que precisava: um embrião que fizesse germinar a aula e o curso?

A negociação, porém, fora algo penosa. O homem do trailer lhe dissera que os ovos não estavam à venda separadamente dos sanduíches. E ele, por sua vez, fizera ver ao sujeito que estava disposto a pagar pelo ovo o preço de um sanduíche. Ao que o homem retrucara que, vendendo um ovo isoladamente, acabaria desfalcando outro sanduíche, prejudicando outro freguês. Ao que ele contra-argumentara que não tinha problema, compraria um sanduíche, só que ao invés de ter um ovo dentro, queria o ovo fora, o que acabou prevalecendo, sob os olhares desconfiados de outros fregueses, a maioria estudantes, gente convencional e ciosa de seus hamburgers e similares. Além disso, a vizinhança da Pinel deixava as pessoas sempre de sobreaviso, ao menor sinal de um comportamento mais inusitado.

Com a sacola no ombro, ele foi se afastando com o sanduíche numa das mãos e o ovo na outra, e esperou até encontrar-se a uma distância razoável do trailer para oferecer, despistadamente, o seu cheeseburger a um dos inúmeros gatos esquálidos que frequentavam o campus. E, mesmo na situação aflitiva em que se encontrava, não pôde deixar de pensar que o acaso, do qual acabara de ser instrumento, governava o destino dos seres, como aquele gato, que, de repente, via cair diante da sua boca uma refeição requintada. Tal pensamento fez-lhe bem, mas logo o peso da realidade recaiu sobre ele, a realidade da aula que tinha de dar, regida pelas mesmas leis: as do acaso.

Cautelosamente, começou a subir as escadas, sentindo então a vertigem e a pressão no peito. Tendo passado havia pouco dos quarenta, era um homem na idade de risco de enfarte e andara entupindo as veias na noite passada, mas talvez não fosse apenas isso. A verdade era também que, se o fato de possuir agora, além das trevas, um ovo, expandia sensível e concretamente o seu repertório para improvisações, isso intensificava sua angústia até o limite da taquicardia. Porque um ovo era algo quase tão frágil quanto uma ideia, sobretudo em mãos e mente trêmulas, e, a qualquer toque mais brusco, poderia quebrar-se, melando-o todo de uma viscosidade quase obscena. E, desse golpe, a sua reputação de chutador honoris causa, de notório saber empírico, não se recuperaria jamais.

Foi quando se trancou no banheiro e passou por todas as dúvidas, provações e tentações, inclusive a de quebrar o ovo no vaso, acionar a descarga e fugir. Mas quantas ideias, se não imorredouras, pelo menos dignas de nota, não teriam se esvaído assim, por mera covardia, para a vala comum? Abriu então a sacola, guardou o ovo, envolvido em papel de enxugar as mãos, retirou em troca as trevas e os óculos escuros, protegeu-se com eles, destrancou a porta e saiu, iniciando sua caminhada resoluta para o cadafalso.

Durante esse percurso, por entre os corredores daquela velha e bela construção, tombada pelo Patrimônio Histórico, com pátios e jardins internos, e que antes fizera parte do hospício, ele dirigira sorrisos aqui e ali, erguendo o polegar da mão que estava livre para colegas, alunos e funcionários, a indicar que *tudo estava em cima*, quando, de fato, *nada estava em cima*. Pois se a sua profissão se assemelhava sem dúvida à dos atores, estes levavam a suprema vantagem de conhecer previamente o texto que deveriam dizer no palco. Quanto a ele, o que possuía como ponto de partida era apenas um ovo, e trevas, atravessadas por um feixe de luz.

Só que agora, para além do desejo de permanecer em silêncio, ele já sofria a ação da força contrária: a da vontade de luta e de dar um salto no escuro. E de qualquer modo era tarde. Ele acabara de entrar na sala de aula e assim ultrapassara o ponto sensato de fuga, só lhe restando seguir em frente, ainda que aos tropeções, sobre a corda bamba do raciocínio, o fio da meada, se é que havia um, com o risco total de se esborrachar.

Cumprimentou, com uma expressão que presumia ser levemente sarcástica — um sarcasmo dirigido contra ele próprio —, os jovens proprietários de trinta pares de olhos inquiridores, deu as costas para eles, tirou a sacola do ombro, dependurando-a com extremo cuidado no encosto da cadeira, e foi prender no quadro, com fita adesiva, as trevas atravessadas por um feixe de luz.

Na verdade, elas não eram mais do que um encarte publicitário retirado de uma revista qualquer, numa campanha da marca de cigarros John Player Special, com sua caixa negra com inscrições douradas, e ele ainda não sabia o que fazer com aquilo, embora a matéria que lecionava — estética e filosofia da comunicação — fosse elástica o bastante para ele saber que alguma coisa poderia ser feita com aquilo, tanto é que a peça fora juntada ao seu acervo.

As duas páginas que estendeu sobre o quadro tinham um fundo totalmente negro, e, na que ficou à esquerda, mostrava-se uma caixa de cigarros aberta. A luz que a tornava visível parecia provir das próprias letras gravadas em dourado na caixa negra, e dos cigarros dentro dela. Na página à direita, destacava-se, em grandes dimensões, o logotipo com as iniciais entrelaçadas, JPS, de um dourado ofuscante que nascia de um raio cósmico de luz penetrando as trevas mais absolutas do Caos. Em letras brancas e menores, mais abaixo, estava escrito: "A sofisticação internacional de John Player Special chegou ao Brasil. O seu bom gosto merece".

Com as mãos finalmente livres, ele pode acender um cigarro e, procurando ganhar tempo, deu uma funda tragada, fitando aqueles rostos que via pela primeira vez. E ainda que esta primeira vez não fosse mais do que a reedição de tantas outras vezes primeiras, sentia-se cada vez mais esgotado para fazer o seu número-surpresa, dificuldade esta da qual os espectadores não queriam nem saber, já que haviam conquistado o seu ingresso. E se a cada ano ele ficava um ano mais velho, os espectadores pareciam ter bebido o elixir da juventude.

Porém, subitamente, foi como se este pensamento, junto com a fumaça que invadia os seus pulmões, percorresse as vias intrincadas que conduziam ao elo perdido, unindo por um nexo necessário não só o ovo às trevas como ele próprio às suas trevas particulares da noite anterior, desde quando se encontrara, casualmente, num restaurante, com a ex-aluna que ele não via fazia vários anos, até o momento em que mergulhara na escuridão mais profunda dela, não sem antes, no entreato, terem agarrado um ao outro, escandalosa e desesperadamente, à mesa do restaurante, buscando esse refúgio seguro que é o passado, onde ela reencontrava o mestre que a auxiliara a guiar-se no caminho da confusão, enquanto ele próprio podia ver, nas agruras marcadas no rosto da mulher, que também para as alunas o tempo passava.

Nada mais natural, então, que se reconstituísse agora na sala de aula também um fragmento do sonho perdido, em que ele era um clandestino numa cidade estranha, onde um policial lhe pedia documentos que ele não tinha, até que conseguia escapar para um quarto de hotel, onde se escondia dentro de um armário, entre roupas masculinas e femininas, com o cheiro comum dos guardados. E também o nexo entre essa clandestinidade e o fato de a mulher ser uma ex-aluna que ele colhera (ou por ela fora colhido) na noite, e o da relação desta mulher com as trevas atravessadas pela luz, que ele recolhera supostamente ao acaso no acervo, assim como o branco do ovo em oposição conexa a isso tudo, estabeleceu-se nitidamente, não como uma resposta, ou uma decifração, mas como o próprio enigma no interior do qual era imperioso avançar.

Ele cedeu, então, lugar a "um outro", o professor que abrigava dentro de si, e começou a receber o seguinte *ditado*:

"Tomemos como princípio o Caos", foi o que ele se ouviu dizer. "Também podemos nomeá-lo de *informe* ou *indiferenciado*. Quando se expressa ou se figura ou mesmo se torna distinta alguma entidade, são o verbo ou a luz que atravessam esse caos, estabelecem uma diferença no indiferenciado. Quanto ao verbo propriamente dito — para muitos o verdadeiro pecado de origem —, talvez nunca devêssemos tê-lo pronunciado uma primeira vez. Porque, uma vez pronunciado, estaremos condenados a repeti-lo e repeti-lo sofregamente, buscando torná-lo a expressão perfeita de algo indizível, um saber e um conhecimento que se colocarão sempre além, para fora do nosso alcance, porque talvez não sejam mais do que a comunhão perfeita com aquele indiferenciado de onde viemos e para o qual retornaremos.

"Mas já que aqui estamos pronunciando este verbo e traçando esta diferença — pois ainda não se cogitou de instalar-se uma universidade búdica e silenciosa, ao menos neste país —, pensemo-los, este verbo e esta diferença, em sua expressão mais perfeita. Porque esta é uma escola de comunicação e portanto uma escola de linguagens e portanto uma escola de formas. Comecemos, então, pela forma ideal. Pois certamente em nenhum objeto, ser, imagem, produto ou palavra se encontrará perfeição maior do que neste que vamos mostrar."

Ele pegou a sacola, meteu a mão lá dentro e retirou, felizmente intacto, o ovo. "Ei-lo", disse, exibindo-o contra a luz à sala, que foi percorrida por um murmúrio uníssono de surpresa, entrecortado por risinhos nervosos.

Falsamente indiferente a tal reação, ajeitou o ovo sobre a sacola de pano, embolada em cima da mesa, de modo que ele, o ovo, ou ele e o ovo, não corressem riscos, e prosseguiu.

"Pensemos agora num ovo desses, imaculadamente branco, colocado sobre um campo de neve. A um observador desavisado, mesmo próximo, parecerá não existir na paisagem nenhum traço de diferença no branco da neve. No entanto, ei-lo ali, material, corpóreo e solene, o ovo. Sendo também branco, o ovo é o contorno exemplar da mais tênue e apesar de tudo extremamente concreta distinção do indiferenciado branco. E o que o tornaria distinto e até visível, quando nos aproximássemos o suficiente, não seria, de modo algum, qualquer traço ou linha negra, ou de outra cor, que estabelecessem limites (com exceção de sua sombra a indicar uma interceptação da luz), e sim sua própria forma e volume brancos, demarcados por uma fina película.

"E mais instigante se torna ainda essa débil demarcação quando refletimos que, em seu interior, se encontra a origem de toda a vida, que dará lugar a cada vez mais e mais vidas, o verbo primeiro que dará lugar a mais e mais palavras, até que não reste outra via de retorno à origem primeira do que através da destruição de Babel, a que já estamos assistindo em marcha acelerada. E não há tanto assim a lamentar — embora a consciência da destruição impulsione a humanidade a lutar pelo seu retardamento —, pois estamos diante de uma fatalidade. Porque onde há vida, há o germe de sua destruição."

Um silêncio tenso, algo atemorizado, pairava agora sobre a classe, os trinta pares de olhos fixos no professor, talvez porque ele houvesse pegado novamente o ovo, examinando-o com uma atenção obsessiva. E talvez os alunos temessem que ele viesse a destruí-lo, de conformidade com as suas últimas palavras. Mas o que fez foi depositá-lo outra vez sobre a sacola de pano, com uma brandura extrema, de acordo não com as últimas, mas as próximas palavras.

"Creio não ser preciso dizer muito mais para concluir que nos encontramos diante da expressão mais delicada possível — e por isso a mais contundente — a marcar uma diferença no informe, uma forma no Caos, que estamos habituados a figurar como negro e que, no entanto, como a cegueira, pode ser... branco!"

Ele fez uma pequena pausa, aproveitando para acender outro cigarro e, por detrás dos óculos escuros, dar uma rápida passada de olhos nos alunos, a fim de verificar se estavam atentos (e estavam), então continuou.

"Tornemos agora ao negro, representado pelas duas páginas desse encarte publicitário. Eu perguntaria que desejo essa peça de propaganda pretende atiçar: o do cigarro propriamente dito? Numa pequena medida, talvez, embora se torne cada vez menos frequente apregoar o gosto discutível de um produto cada vez menos defensável. Na verdade, o bom gosto a que essa propaganda se refere é, obviamente, o bom gosto no sentido amplo, o de uma pessoa requintada em todos os seus hábitos. Aliás, é facilmente observável nas propagandas de bebidas e cigarros a utilização de metáforas, digamos assim, para não se ter de apregoar os produtos em si mesmos. Então se chega facilmente à conclusão de que o desejo que essa peça pretende atiçar é o de sofisticação. Da mesma forma que se fuma Hollywood em busca do sucesso e que 'o homem que sabe o que faz' fuma Minister e o aventureiro intrépido acende um Camel depois de descer num barquinho a correnteza ou de ter atingido o cume da montanha."

Ele deu uma longa tragada, como quem toma fôlego para um mergulho nas profundezas, e entrou com tudo:

"Só que essa conclusão está errada", disse, jogando o cigarro no chão e pisando-o. "Ou, se não está totalmente errada, é apenas superficial, pois o que visa todo o planejamento de marketing para o John Player Special, a começar pela cromaticidade macabra, para não dizer funerária, das próprias caixas de cigarros, é atingir o consumidor no mais íntimo de suas trevas, o âmago do seu inconsciente, o seu desejo de retorno à comunhão indivisível com o indiferenciado de onde viemos e para o qual retornaremos, o útero, enfim, no primeiro caso, ou a morte, no segundo."

Pronto, estava dito! E, pelo silêncio que se abatera sobre a classe, pelos olhares atentíssimos ou até receosos, ele percebeu que fizera um corte profundo com o bisturi e, agora, não lhe seria possível efetuar simplesmente a sutura e dar o caso por encerrado, sem antes expor todas as vísceras, inclusive as suas. E, para o que ia dizer em seguida, seria conveniente, em termos cênicos — ou mesmo como uma bengala para a sua trôpega insegurança —, que o fizesse a caráter, ou seja, acendendo mais um cigarro, o que fez, expelindo com a fumaça suas próximas e bombásticas palavras, as quais, se provocaram risos, estes eram um tanto nervosos.

"Já se disse que o cigarro é a chupeta do adulto, que lhe devolve à boca o seio materno. Eis aí a maior razão do vício e por que é tão difícil erradicá-lo. Aquele caubói que fuma um Arizona nas propagandas de TV, depois de domar um cavalo, na verdade está mamando. E o explorador que acende o Camel depois de ter se afastado tanto da mamãe em sua escalada ao topo da montanha, está pondo na boca a sua chupetinha. Porém, mesmo que voltássemos a usar chupetas de verdade na fase adulta, continuaríamos a fumar, pois no ato de tragar inclui-se, além da sucção, a ânsia de levar o ar até o fundo dos pulmões, respirar profundamente, enfim, numa voracidade que acaba por ser autodestrutiva, o que não é de admirar, porque neste desejo de retorno ao indiferenciado, como já vimos, confundem-se morte e vida.

"E o que são o dourado na inscrição da caixa negra do John Player e, ainda mais marcantemente, o feixe radioso de luz no logotipo destacado na margem direita dessa peça publicitária, cortando as trevas uterinas do Caos, senão uma ponte entre vida e não-vida, o cordão umbilical que é o cigarro, reunindo-nos a este útero e a este caos, o informe e o indiferenciado, e isso, como no sono e nos sonhos, sem que tenhamos de abdicar, pelo menos temporariamente, da vida mesma."

Pronto, estava mais do que dito! Depois de uma longa, triunfante e sorridente pausa, ele se dirigiu até a mesa onde repousava o ovo, tomou-o em concha numa das mãos e mirou-o solenemente, para prosseguir:

"Retornemos então à vida em sua forma mais primária e perfeita."

Foi neste momento que ele emudeceu.

O fato é que havia concluído todo o seu mergulho nas trevas de um só fôlego e, ao voltar à tona, sentira-se como um escafandrista que finalmente podia respirar sem o auxílio de qualquer imagem ou bengala tabagística, tanto é que atirara o resto do cigarro com um peteleco porta afora e sorrira deste gesto prosaico para os alunos, que lhe sorriram de volta, talvez porque vissem estabelecido um primeiro contato com o "mestre", apesar de todas as idiossincrasias dele, o que não era raro entre professores. Ele sorrira triunfantemente não porque tivesse qualquer segurança quanto à justeza de suas deduções, seu passeio nas trevas, mas porque, dentro dos seus postulados *empíricos*, se uma construção da mente se desnovelava com um impulso próprio, a partir de uma fonte misteriosa e talvez poética de conhecimento, esta construção merecia no mínimo ser considerada. E que, depois, a verdadeira Razão — neste momento em que, fantasiada de *Iluminismo*, retornava com toda a força ao pensamento universitário — se conformasse ou não a tal modelo hipotético.

Mas o grande perigo, a armadilha, de sua conquista residia justamente no relaxamento que se seguiu a ela, transformando a sua ressaca, por segundos, num cansaço e numa fraqueza deliciosos, que o impeliam a simplesmente recolher seu ovo e suas trevas e se mandar para casa, para a cama, para as verdadeiras trevas do sono, das quais fora brutalmente arrancado. O problema era que já encetara mais um gesto em direção ao ovo, porque este se revelava ainda um tanto indecifrável e inconcluso, apesar do nexo subjacente entre ele e as trevas. E agora o filho da puta, em suas mãos, com sua massa ardilosa, simultaneamente fria e tépida, morta e viva, na qual sólido e líquido se separavam por uma película enganosa, o desafiava, oferecendo-se e negando-se ameaçadoramente como a Esfinge: "Decifra-me ou te devoro".

Ele sentiu seus tremores retornarem juntamente com a sensação de vertigem, enquanto uma gota de suor pingava-lhe da testa. E, quase inadvertidamente, como se se apoiasse para não cair, foi fechando a mão sobre o ovo, captando uma pulsação que não distinguia se vinha dele próprio, suas artérias, ou do coração viscoso daquela infame criatura. Se fosse acometido de um enfarte, agora, desde que fulminante e mortal, talvez ficasse agradecido, pois para os mortos não há ridículo, ou são todos desprotegidamente ridículos.

Compartilhando a sua aflição, a classe o observava, em suspenso, talvez porque adivinhasse em seu gesto de cerrar a mão sobre o ovo uma ânsia de esmigalhá-lo (de explodir junto com ele, encerrando com um gran finale todos os seus dissabores acadêmicos, que incluíam brancos repentinos, no caso literalmente), o que ele quase chegou a concretizar, mandando às favas sua reputação, ou quem sabe, pelo contrário, revestindo-a para sempre de uma aura mítica, não houvesse encontrado, antes, um meio de atingir, através de um gracejo reles, o ovo, bem no centro altivo da sua carapaça imaculada.

"A vida, dizíamos", ele disse, afrouxando aquela pressão já além do limite do suportável. "À velha questão: o que veio primeiro, o ovo ou a galinha?, eu responderia sem hesitação que... o ovo!"

Não compartilhou, porém, da gargalhada geral. Não era de tripudiar sobre um vencido, ainda mais por uma vitória passageira, e estava consciente da baixeza do seu golpe. Apesar de chutador empírico, ele prezava a honra da causa e o arredondamento estético de suas construções. E, quanto a este último aspecto, o ovo levava indubitavelmente vantagem, tanto é que ele, o professor, uma vez rompido o branco do impasse, propunha-se a encarar o desafio, tendo afrouxado a mão sobre o ovo para exibi-lo sólido e intacto diante de todos.

Pacientemente, mas com o olhar severo, esperou que as risadas se petrificassem. Era como no teatro: para não encararem face a face o drama, os espectadores se regozijavam com as tolices, ignorando que a grande comicidade se escondia no arcabouço das construções mais graves, uma das quais ele pretendia edificar, ainda que com a efemeridade das aulas. E, reequilibrando-se na corda bamba, a partir do próprio chiste, pôde prosseguir:

"Porque, para que haja surgido uma galinha, é necessário que ela tenha se desenvolvido a partir de estágios anteriores, a menos que acreditássemos naquela história de um Deus de barbas que teria criado as coisas todas em sete dias segundo um plano minucioso, para não dizer malévolo. O mais provável, então, ainda que creiamos numa entidade superior, é que a vida tenha sido gerada através de determinados núcleos primários, dos quais o ovo, evidentemente, se encontraria muito mais próximo que a galinha."

Ele encarou com supina indiferença as novas risadas, aproveitando para pousar novamente o ovo sobre a sacola, tendo passado por sua cabeça a fantasia de que ela era uma almofada do mais raro veludo, como se destinada a ser a depositária de uma coroa real. E desta vez, sim, ele riu, como se tal achado contivesse o mais fino humor. Os alunos também sorriram para ele, com toda a certeza por razões equivocadas. Mas não tinha importância, porque uma aula também era um embrião que muitas vezes só iria germinar na mente de um aluno anos depois, às vezes nos momentos mais inesperados.

"Não é à toa", ele apontou para o ovo, "que esta figura e esta forma tenham fascinado através dos tempos tanto cientistas como artistas, isso quando ambas as condições não coexistem num mesmo homem, alguns dos quais chegaram a desenvolver uma teoria de que o Universo se formou a partir de um átomo-ovo, de uma tal densidade que os estilhaços de sua inevitável explosão teriam originado todo o Cosmo, ainda em fase de expansão, com todas as galáxias se afastando numa velocidade prodigiosa deste núcleo original. Um dos nomes dado a este átomo primeiro é, poeticamente, o de Ovo... Cósmico!

"No livro mais ambicioso escrito por um ser humano, o *Finnegans wake*, do irlandês James Joyce, que desvela, biblicamente, através de todas as operações possíveis da linguagem, nada menos que a história da humanidade, da criação aos tempos modernos, com projeções inclusive para o futuro, a queda do homem é associada à queda e à quebra de Humpty Dumpty, o ovo-homem, sob o trovejar tonitruante do verbo divino, expresso numa imensa palavra polilíngue, infelizmente impronunciável, por isso apenas irei escrevê-la no quadro."

No momento mesmo em que pegava o giz, ele se deu conta de que talvez cometera um erro, por excesso de confiança, e perguntou-se se não haveria ali um dedo de vingança do ovo. Pois embora tivesse se dedicado, um dia, a memorizar a palavra de Joyce, contendo as raízes do vocábulo *trovão* em inúmeras línguas, entrelaçadas a onomatopeias babélicas e trovejantes, para utilizá-la, em alguma oportunidade, no seu curso (que se assemelhava ao Doutorado Total, de *A lição*, de Ionesco), ele não podia ter a menor certeza de que conseguiria reproduzi-la agora.

Porém, à medida que foi traçando inseguramente com o giz aquela coisa — bababadalgharaghtakamminarronnkonn bronntonnerronnntuonnthunntrovarr... — deu-se conta de que, pelo método das conexões opostas, que interligava as trevas à luz, ele tinha à disposição, bem diante do nariz, o óbvio derivado do ovo.

E, desta vez, foi com total confiança — a confiança de quem vislumbrava a luz no limite das trevas — que se voltou para a turma e para o próprio ovo, depois de ter interrompido com salvadoras reticências o verbo divino de Joyce, e disse:

"Mas creio não ser preciso ir tão longe para encontrarmos a palavra primordial que corresponde à forma primária e perfeita e ao verbo divino, que, por uma feliz circunstância, se acha inscrita em nossa própria língua, em geral tão propensa a verbosidades que mais escondem do que aclaram a essência das coisas."

Virou-se, então, para o quadro e traçou, com uma caligrafia extremamente segura para quem estivera trêmulo até bem pouco, em maiúsculas, a palavra OVO.

Pelo murmúrio de satisfação que ouviu às suas costas, percebeu que aquelas mentes deviam ter dado um pequeno mas importante passo em direção ao entendimento. Voltando a encarar a turma, com a simpatia de quem profetizava um bom relacionamento com ela durante o curso, disse:

"Na palavra *ovo*, em nossa língua, mais do que em qualquer

outra, língua ou palavra, encontra-se em sua plenitude concreta a imagem do seu referente, a entidade que ela expressa, ou seja, o próprio ovo, da forma mais ampla possível. Não só por conter, por duas vezes, no vão da letra O, principalmente quando em maiúscula, a figura do ovo, como pelo fato de que, circularmente, a palavra pode ser lida de frente para trás ou de trás para diante sem qualquer perda de forma e substância, num acabamento fechado e perfeito, correspondendo ao do próprio ovo. Podemos chamar a atenção, também, para este o vértice e o vórtice da letra V, como uma abertura e uma ligação, um cordão umbilical, penetrando no interior deste receptáculo da própria vida."

Os alunos cochichavam entre si e ele pediu gentilmente silêncio, pois ainda havia algo mais:

"A coisa, porém, não permanece aí. Porque ao pronunciarmos a mesma palavra *ovo*", e ele a pronunciou por três vezes: ovo, ovo, ovo, "deparar-nos-emos com a surpresa ainda maior de que ela contém, também oralmente, o desenho acústico do ovo, não igual à simples onomatopeia, mas a um verdadeiro ideograma sonoro, como se os criadores da língua latina, ao elegerem o vocábulo *ovu* para tal substância e sua forma, se encontrassem acometidos do gênio da *onomathesia* grega, ou seja, a capacidade de dar nome às coisas de acordo com a sua natureza. Só que, no caso da escrita, faltou-lhes esse arredondamento final do segundo O, como se deixassem escapar, no último momento, algo desta forma e de sua substância. Sua verdadeira gema.

"Tomando as palavras convencionais da língua, como, por exemplo, ao acaso, *fragata*. Se a repetirmos insistentemente, fragata, fragata, fragata, o seu sentido irá se esvaziando progressivamente, até uma perda absurda e total de significado. Enquanto a palavra *ovo*, ao contrário, quanto mais a repetirmos, mais seremos impregnados de sua espessura, seus ecos profundos, como se contivéssemos em nossa boca este ovo. Se tais ecos também podem ser ouvidos no francês *oeuf* de forma acentuada ou, mais longinquamente, no espanhol *huevo*, falta em ambos a circularidade completa obtida com os Os inicial e final. Que se é encontrável, de alguma forma, no italiano *uòvo*, é nele diluída pela primeira abertura, a do *U*, e pelo falsete da tônica.

"Já em português, a palavra é revestida por uma acústica de ecos infinitos e circulares, um sonar nas profundezas e, se a entoarmos incessantemente, será como uma invocação, um mantra, como o *Om, Om, Om* dos indianos, religando-nos através do verbo primeiro e ao todo de onde se originou e do qual se afastou, restabelecendo o elo com o indiferenciado, o caos, negro ou branco, o útero, a origem, o átomo primeiro, o ovo cósmico, enfim! Ou Deus, como queiram!"

Pronto. Assim devia terminar uma aula: com um golpe seco, incisivo, para que não se diluísse e sim germinasse, posteriormente, nos espíritos. Uma aula cujo tema ele anotaria no diário de classe como "Do ovo a Deus", para desgosto do chefe do departamento. Olhou para o relógio e viu que ainda faltavam trinta minutos para o término regulamentar da aula de uma hora e meia. Lembrou-se, porém, das palavras de Ezra Pound. "O professor ou conferencista é um perigo. O conferencista é um homem que tem de falar durante uma hora. É possível que a França tenha adquirido a liderança intelectual da Europa a partir do momento em que a duração de uma aula foi reduzida para quarenta minutos."

Diante disso, só lhe restava recolher o ovo, as trevas, e despedir-se altivamente. Estava de bom humor, com a sensação de um duro dever cumprido, e sua ressaca havia passado. Mas começou a ouvir algo assim como um murmúrio ritmado e grave, a princípio de forma tímida e que depois foi crescendo, permitindo-lhe que o identificasse como sendo a palavra *ovo* invocada cadenciadamente por trinta bocas. Viu também quando o chefe do departamento, que julgava incluir-se entre as suas obrigações a de bedel, passou pelo corredor e olhou estupefato para dentro da sala. Mas não tinha importância, pois aquela resposta da classe era como que uma verificação prática do seu método experimental. E o resultado do teste lhe parecia satisfatório, até que, naquele momento preciso em que a sua mente também se impregnava do mesmo mantra, foi tomado pela Grande Revelação, que, como no caso da travessia das trevas pela luz, se não era uma certeza palpável, ao menos se constituía numa hipótese de tal grandiosidade que poderia fazer de uma reles aula uma obra de arte.

A princípio foi assaltado pela tentação de escondê-la, egoisticamente, daqueles espíritos ainda verdes, que talvez a degradassem com gracejos. E poderia guardá-la para algum ensaio mantido rigorosamente em segredo até sua publicação. Mas algo assim como probidade intelectual, misturada à ansiedade diante de sua descoberta, levou-o a expô-la aos alunos, lembrando-se ainda de que o mais eminente de todos os linguistas, Ferdinand de Saussure, jamais escrevera um livro. E que seus ensinamentos se perenizaram através das anotações dos discípulos.

Com o magnetismo de um guia religioso, ergueu suavemente os braços, fazendo com que o silêncio retornasse ao recinto. E disse:

"Suponhamos, porém, que Deus não exista!"

O que se produziu na sala foi mais profundo ainda que o silêncio; foi uma espécie de vácuo anterior ao verbo primeiro, para que ele, o professor, o pronunciasse:

"Talvez Ele, Deus, esteja sendo gerado, muito aos poucos, por todas as energias atuantes no Universo, inclusive aquelas que acabam de emanar de nós aqui."

Se não houve qualquer risinho de escárnio diante daquela conjetura — e, até pelo contrário, pairava entre todos a gravidade de coparticipantes da criação —, infelizmente também não veio, da turma concentradíssima, a pergunta que ele mesmo teve de formular:

"Mas quem terá gerado o Ovo Cósmico, o Átomo Primeiro, gerador de tudo, inclusive de Deus?"

Ele fez uma pausa, para que toda a amplitude daquela questão pudesse repercutir nos alunos, e o seu medo, desta vez, era que algum mais esperto, entre eles, lhe roubasse a grande resposta, o que felizmente não aconteceu. Ele tornou a pegar o ovo no relicário e, colocando-o contra a luz, pronunciou:

"Deus, Ele próprio, uma vez gerado, terá concebido, em sua onipotência, a semente primeira e a História subsequente que terminou por gerá-Lo. Eis aí o elo perdido, fechando o circuito em que se fundem noções relativas como passado, presente e futuro, um circuito que pode ser representado pela equação simples que vocês têm diante dos olhos no quadro, as três letras formando a palavra, a estrutura e o desenho do ovo. Ou se o desejarem, mais concretamente, ele em pessoa, se me permitem, em minha mão."

Ele afastou o braço e contemplou o ovo, como Hamlet, príncipe da Dinamarca, a caveira. Não havia ar de triunfo depois de sua vitória. Lembrou-se do Ovo Cósmico, do trovejar tonitruante de Joyce e, inadvertidamente, bocejou. E como se aquilo já estivesse escrito como um destino óbvio para si, uma causalidade necessária, apesar de todas as circunstâncias fortuitas — e mesmo sem conceder um significado preciso ao seu gesto definitivo, a não ser, talvez, o de que, uma vez decifrado, o ovo deixava de ter interesse —, simplesmente abriu a mão e deixou que este ovo, sob o efeito da gravidade, caísse ao solo, espatifando-se com aquele barulhinho característico e algo sacrílego, em tais circunstâncias: *ploft*! E sentiu que um estremecimento, quase um grito contido, percorria a espinha dorsal da classe.

Sem se dar ao trabalho de recolher as trevas atravessadas pela luz, pegou a sacola, ajeitou-a no ombro, deu as costas para a turma e saiu de cena, sentindo uma vaga impressão de que ouviria atrás de si uma torrente de aplausos. Mas o que sobreveio foi o silêncio, o vazio ou a perplexidade, o que estava muito bem, pois este era um terreno fértil onde os espíritos poderiam florescer. E ele só queria sair rapidamente dali, evitando que o seu encerramento fosse maculado com perguntinhas do tipo: "Professor, não vai ter chamada?". Não, não iria ter chamada, porque a um artista só era admissível uma pedagogia: a da sedução, ainda que através do choque.

A passos largos e ágeis, refez o caminho entre os velhos corredores, não parando nem no bebedouro, embora estivesse com a garganta seca, e muito menos no trailer, onde teria de pedir outra coca-cola àquele velhaco.

Ao passar diante da enfermaria da Pinel, ouviu novamente a cantilena, entoada, entre risos, pela mulher segurando as grades:

Vocês pensam que eu sou louca,
eu não sou louca não.
Eu sou louca é por homem.

— Psiu, psiu, você aí — a mulher chamou lá de cima.

Desta vez, depois de tirar os óculos, ele a encarou sem qualquer constrangimento e sorriu para ela. A mulher se imobilizou numa expressão de espanto, como se ele fosse alguém muito, muito, estranho. Envergonhado, ele se dirigiu rapidamente para o carro, ligou o motor e arrancou para casa.

Não passara por sua cabeça que a mulher ainda pudesse estar lá. Assim que abriu a porta, viu um sinal dela, numa blusa jogada desde a véspera no sofá da sala. Ele estava cansado, mas com a mente vazia, deixando lugar para que o seu corpo se excitasse. Antes, porém, queria tomar um copo d'água e um banho. Ao tirar a camisa ali mesmo na cozinha, sentiu que uma parte dele próprio fora gasta, se esvaíra junto com a aula, o que era uma sensação boa de se ter, como se houvesse se livrado de alguma substância da mente, que só podia ser conhecida no momento mesmo de livrar-se dela. E o suor, na roupa e no corpo, cujo cheiro ele sentia com prazer, era um vestígio de tudo isso, dessa matéria imaterial, que ele então, já no banho, ia apagando debaixo do chuveiro, até sentir-se novinho em folha, uma folha em branco onde tudo teria de ser escrito outra vez, a partir do nada. E concluiu, satisfeito, que uma aula era também, literalmente, um sacrifício, em que um professor se imolava, para renascer.

Saiu do banheiro, enrolado numa toalha, e entrou no quarto. O bilhete ainda estava lá, intocado. E a mulher, abrindo os olhos, perguntou se ele ia sair.

Olhou para ela, entre o magoado e o surpreendido. Quer dizer, então, que era assim, como se nada houvesse acontecido? E teve vontade de contar-lhe que, enquanto ela estivera ali dormindo, ele andara mergulhado numa aventura repleta de riscos, em terreno minado e pantanoso, da qual não tivera nenhuma garantia de que pudesse sair ileso ou até retornar.

Mas contar para quê? Uma aula *empírica* era um percurso impossível de se refazer. Como bom guerreiro que fora, merecia o repouso. "Não, não vou sair", disse apenas. E deixou-se cair na cama, mergulhando nas trevas da Penélope que lhe cabia, como se nada houvesse mesmo acontecido no entreato.

Adeus

À Paula

1

Tirando o jornalista Pedro Fontana, o meu querido amigo Caio Tácito, o general e eu, era uma reunião só para mulheres, embora — ou talvez por isso mesmo — o homenageado fosse uma figura das mais representativas do sexo masculino, como aliás foi a única coisa que revelei a todos, espicaçando a curiosidade das convidadas, cujo comparecimento foi maciço.

Mas por que o convite àqueles três, quando poderia ter me limitado a mim mesmo, ao homenageado evidentemente, às mulheres? Bem, o Caio Tácito, por ser meu confidente e amigo íntimo, o único homem de quem gostei de fato em minha vida, já que conheci pouco meu pai, e filhos ou irmãos não tive, o que talvez explique muitas coisas. E o Caio é um homem sensível, quase uma alma feminina, daí talvez não ter se adaptado ao mundo profissional da brutalidade e da competição, dedicando-se quase exclusivamente à contemplação do ócio, quando não à das corridas de cavalos, dilapidando com método uma herança razoável, ou à poesia não escrita daqueles que apenas refletem a existência, ao interesse verdadeiro por seu e por sua semelhante, ao amor, enfim, com a abnegação obcecada dos românticos. Considerava-o — e creio que ele a mim — uma testemunha ou ouvinte indispensável aos fatos da vida, sem a qual esses fatos e a própria vida pareceriam não existir. Era como se inscrevêssemos um no outro as nossas memórias que jamais seriam escritas, o que às vezes me leva a indagar, diante da literatura nacional, se nossos melhores autores não estarão entre aqueles que se calaram, não importa se por desinteresse, modéstia ou preguiça.

Já os fatos com que o Pedro Fontana lidava eram mais abrangentes e ele, mais do que por se tratar de um antigo colega de faculdade, foi chamado por ser jornalista, apesar do caráter íntimo do acontecimento, exigindo, se não o silêncio total, pelo menos comentários discretos e elegantes, verdadeiras entrelinhas quase indecifráveis, a não ser pelos que já estão por dentro. Tudo isso não por minha causa ou do homenageado, mas pela reputação das mulheres, não que o acontecimento fosse algo que as atingisse em sua honorabilidade, mas há sempre quem interprete as coisas de outro modo, muitas vezes por um sentimento menor, de inveja ou ciúme, que, convenhamos, nada tem a ver com a moral genuína. E o Pedro Fontana era exatamente esse tipo de jornalista, confiável pelas fontes, com uma coluna só de política, alta política de bastidores, informação para os próprios políticos, do governo e de oposição, sempre fiel à verdade que, nessa área, só passava a sê-lo depois de por ele formalizada. Não a verdade escancarada, de primeira página, coisa de repórteres e editores ambiciosos, mas os grãos de areia na ampulheta que fazem a marcha lenta da história, navegada por homens como Tancredo Neves, que chegam ao topo da onda na conversa, às vezes tarde demais, de tanta prudência e sabedoria.

Mas me perco. O Pedro Fontana. Apesar da discrição que também interessava a ele próprio, pois era bem casado havia muitos anos e sua mulher podia ser daquelas que interpretavam os fatos sob a lente desfocada da amargura, eu me sentia mais seguro se o evento que estava para se produzir não se perdesse na vala comum das manifestações menos relevantes e fizesse parte do acervo secreto de uma fonte autorizada para a própria história do Brasil.

Vaidade? Nem tanto. Melhor seria dizer que o acabamento de uma obra pede um ou dois interlocutores de nível a constatá-lo, à parte as mulheres que, apesar do altíssimo nível, estavam por demais comprometidas com esta obra. E qual o encanto do segredo se não existem alguns poucos escolhidos a compartilhá-lo? Coisa interessante, a ética, significando em geral uma abstenção — e o Pedro atingira um nível tal de requinte em seu ofício que estou certo de que se regozijava ainda mais diante dos fatos sobre os quais devia se calar. Tanto é que, servindo-se de um pretexto, veio de Brasília especialmente para a ocasião, o que impressionou vivamente o general, talvez fazendo-o sentir-se menos reformado.

Por fim, então, o general. O general não veio, propriamente, uma vez que já estava. Foi incluído não apenas porque cedeu, a meu pedido, o seu espaçoso apartamento, de arquitetura antiga e sólida como o proprietário, além de uma vista invejável para o mar, mas também porque eu achava que havia uma relação entre um general e o ato que iria se desenrolar naquele fim de tarde. Uma relação que não pode ser explicada pela mera psicologia ou mesmo pela filosofia, as ideias em suma, mas talvez pela poesia, porque joga com a associação entre coisas aparentemente díspares, como condecorações e unhas longas, livros sobre estratégia encadernados e decotes, espadins e penteados. Guerra e paz, enfim, bravura e crepúsculo. Uma espécie de dialética, embora o general suspeitasse de tal método, por associá-lo equivocadamente à desordem.

Além do mais, o militar era um excelente companheiro de mesa, até certa hora pelo menos, ou mesmo por causa disso, porque dormia cedo, era bom ouvinte, até insistente, como se fosse um oficial de informações, interessadíssimo em minha vida sentimental e na do Caio, obrigando-nos, apesar da omissão de nomes, a nos tornarmos quase indiscretos para sermos também didáticos, já que o general se casara num tempo em que o amor ainda não era um sentimento difuso, e, depois, ficara viúvo tarde demais, embora mantivesse as aparências.

Em troca, recebíamos memórias políticas e militares, elas por elas, tudo sob promessas de sigilo, e o Caio, sobretudo, gostava de ser visto com um militar de alta patente nos bares — frequentados por uma maioria absoluta de esquerdistas —, conotando a nossa mesa de mistério, conspiração, para não dizer traição e golpe, um tanto nebulosos, na medida em que a direita já estava no poder pelo voto direto, e o general, depois de uma folha de serviços imaculada, saíra da ativa dirigindo uma saraivada de impropérios contra tudo e contra todos, após ser preterido numa última promoção, segundo ele por seu nacionalismo.

Mas o ponto comum que nos aproximou a todos foram o direito e os cavalos, numa outra associação aparentemente díspar. Tentemos, com paciência, rastrear suas origens.

O Caio e o general se conheceram na varanda do restaurante da tribuna social do Hipódromo da Gávea, quando o Caio, ao perceber aquele senhor de pé, desolado diante de todas as mesas ocupadas, ofereceu-lhe um lugar em sua mesa. Mais ainda do que isso, sugeriu-lhe no cardápio uma dupla que levava como certa.

Quando diz o Caio que, mesmo reconhecendo o general de antigos retratos nos jornais, não foi movido por nenhuma razão utilitária ao prestar-lhe essas gentilezas, podemos dar crédito ao meu amigo. O general já gozava do ostracismo e, ainda que assim não fosse, a última coisa que o Caio procurava na vida era algum cargo na administração pública ou privada. Quanto a brilharecos sociais, já viera ao mundo numa posição em que qualquer movimento carregava uma probabilidade muito maior de empurrá-lo para baixo do que para cima. Tanto é que sentava-se com a mesma desenvoltura a outras mesas ali dos arredores, com pessoas da condição do cavalariço que lhe dera as informações sobre aquele páreo. E, se alguma preferência houvesse, talvez recaísse sobre o modesto palafreneiro, pois a hierarquia não é a mesma na praça Santos Dumont e na Vila Militar.

Se alguém se mostrou impressionado, depois das apresentações de praxe, foi o general, ao descobrir, farejando sobrenomes, que o Caio era filho de quem era, figura pública que, como o próprio general, servira diretamente a dois governos da lenta transição da ditadura para a democracia e cujo nome não julgamos necessário recordar, pois já passou e nada tem a ver com esta história menor, da qual talvez nem gostasse.

— Um homem verdadeiramente capaz de dar um formato jurídico e civilista ao pensamento militar — sentenciou o general, possivelmente com outras palavras. Na verdade, estava encantado com aquele jovem que em nada se parecia com capitães e lhe oferecia companhia sem preconceitos.

Já o interesse que houve por parte do Caio foi de uma ordem, digamos assim, do espírito. A curiosidade humana e algo literária de conhecer um general, aliada ao prazer de fazê-lo partilhar de uma informação clandestina, sem mencionar as fontes, é claro, além de pedir-lhe o sigilo sem o qual um azarão pode transformar-se em poucos minutos numa terceira força no totalizador, com o risco, ainda, de o estado-maior responsável pela operação suspendê-la no último instante, adiando a coisa para um momento mais propício.

Há espíritos que se comprazem com isso, tornarem-se preceptores de um general, introduzindo-o em certos procedimentos:

— Os dois cavalos da nossa dupla (*perceba-se que já incluía liminarmente o general*) vão brigar pela ponta com o maior empenho. Se o senhor quiser apostar no vencedor, terá de contar com a sorte.

Deu a dupla indicada pelo Caio, como não poderia deixar de dar, pois estava afixada no marcador de certas cocheiras muito antes de correr o páreo. Acostumado a apostar em favoritos, por crer no triunfo dos mais capazes, o general ficou visivelmente impressionado diante daquela dupla de matungos, porém mais ainda, segundo me contou mais tarde, com a frieza — cá para nós, teatral — com que o Caio acompanhou a corrida, praticamente assistindo-a através do seu reflexo numa taça de vinho, sem qualquer movimento mais brusco da cabeça, a não ser para meneá-la, penalizado, quando o favorito, depois de largar mal ou algo do gênero, descontava terreno impressionantemente no final, para chegar em terceiro, a meio-corpo apenas.

É claro que algumas questões de ordem ética foram levantadas e é aí que entro, pois não comparto do interesse especulativo do Caio nem do amor desinteressado do general pelos cavalos. No entanto, fui citado, o que comprova, no mínimo, que não há local certo para o conhecimento e, por isso, alguns dos melhores espíritos universais nunca se conformaram à universidade.

— A honestidade é uma questão até de bom gosto e civilização, diz um amigo meu que, além de jurista emérito, pode ser definido como um mestre de moral — citou-me assim o Caio, conforme me revelou depois o general.

A partir daí, de uma forma tortuosa, para não dizer sofística, o pensamento fora todo do Caio, embora não houvesse ele se dado ao trabalho de marcar a passagem de um pensador para outro.

— Mas não há inocentes no prado, ou, pelo menos, os que ainda o são, assim permanecerão por pouco tempo. Paradoxalmente, podem ter acertado a dupla em razão do seu desconhecimento da força dos concorrentes. E aqui, mais do que em qualquer outro lugar, a vitória de uns se dá na medida rigorosa em que outros são derrotados, pois o dinheiro dos perdedores é rateado entre os ganhadores, tirando a percentagem do hipódromo, sem o que os cavalos não correm.

Perceba-se que o Caio, sutilmente, colocava o general no rol dos inocentes, absolvendo-o, para depois colocá-lo, já absolvido, no rol dos vencedores, coisa que agrada a um militar. Diante disso tudo, era natural que este quisesse conhecer-me, o que se deu naquela noite mesma, em outro estabelecimento, onde o Caio entrou conduzindo o novo amigo pelo braço, como um troféu de jogo.

A mim, quando finalmente fui consultado, só restava dar uma pincelada de acabamento no arcabouço já erguido. O fato é que o general queria ser convencido, ver legitimado pela teoria, como em geral acontece, o que já executara na prática. Por isso mesmo nunca dei grande valor às ideias, a não ser para divertir-me com elas.

— Suponhamos, general, que o senhor estivesse numa guerra. Mais ainda, uma guerra que o senhor não desencadeou e talvez nem aprovasse. Mesmo assim, creio que não desprezaria qualquer tipo de informação que conduzisse ao êxito sobre o inimigo. Mas o que mais gratificaria o senhor nesse êxito: o triunfo em si ou os despojos vulgares?

O general balbuciou qualquer coisa em resposta, mas nem teria sido preciso para que o Caio concordasse prontamente:

— É também o meu caso. E convido o senhor a gastar esses despojos agora mesmo.

Foi a vez de o general concordar, aliviado. E, resolvido esse assunto, passamos a outros mais amenos.

* * *

Creio que se iniciava aí, verdadeiramente, a educação civil e talvez sentimental do militar, que possivelmente culminaria com o ato a realizar-se nessa outra tarde-noite em seu apartamento.

Por timidez — e para que o general se sentisse à vontade quanto a ceder ou não sua residência — solicitei ao Caio que me servisse de intermediário na proposta. O general se mostrou simpático à iniciativa, mas empacou na exigência de conhecer previamente a identidade do homenageado. Por mais que o Caio jurasse também desconhecê-la, não se dava por vencido:

— Compreenda que um homem no meu posto deve distinguir entre amigos e inimigos.

O Caio adiantou o pouco que sabia ou adivinhava.

— Parece que é algum tipo de festa-surpresa para alguém, provavelmente um figurão, do jeito como o Sílvio demonstra querer impressioná-lo, com nomes como o do senhor mesmo e o do Pedro Fontana, aquele jornalista.

— Esse é uma flor de pessoa — teria dito o general.

— No mais, somos apenas eu e o próprio Sílvio, além de algumas jovens e senhoras — explicou o Caio. — Dessas, não sei o nome nem da metade, os sobrenomes menos ainda. Uma ou outra o senhor já pode ter visto por aí com a gente.

As objeções do general passaram a ser mais fracas e de outra ordem.

— Vê lá o que vocês vão me arranjar, hein. Sou um homem respeitado lá no prédio — disse o general (acho que nesse momento estavam na praia).

— Não apenas no prédio, general. E o senhor não confia no Sílvio? Acha que ele seria capaz de causar-lhe qualquer espécie de constrangimento?

Aí, sempre segundo o Caio, o general derramou-se em elogios à minha pessoa. Coisas como cultura, saber e cavalheirismo, que modestamente declino.

Quem serei eu, afinal? É difícil definir-se a si próprio, mas eu me veria como alguém que gosta mais do mundo nos livros e nos sonhos do que aqui fora, porém uma coisa teria acabado por se refletir na outra. Posso ser visto também como um homem no outono, assobiando mentalmente uma canção enquanto passeia pela rua. Ou então à mesa de um bar tranquilo, só ou acompanhado, bebendo devagar e conversando baixo. Fiz carreira no direito, brilhante do ponto de vista teórico, segundo alguns, mas descuidada sob o aspecto prático. Sendo isso verdadeiro, era natural que me limitasse a redigir petições, contestações e pareceres no escritório do pai do Caio. Enquanto o ilustre jurista se embriagava com a política, eu, por outro lado, delegava a colegas mais jovens e estagiários o encargo de frequentar o foro, lugar pouco recomendável a homens de bem. Data daí a amizade com o Caio, que acabara de retornar da Europa com vasta informação nos mais diversos campos do saber e, em tese, deveria tomar a frente dos negócios do pai. O velho jamais se dera ao trabalho de verificar o diploma de pós-graduação do filho, e, a mim, não custava redigir peças processuais em nome deste. Na verdade, identificava-o com o filho ou irmão mais novo que não tive, com a vantagem de não ter por ele nenhuma responsabilidade, a não ser processual.

De acordo com uma teoria — nada desprezível, desde que se entenda que uma intenção pode produzir justamente o efeito contrário a ela —, os pais buscam influenciar os filhos a partir do nome de batismo. Quando o pai morreu, o Caio Tácito, assim batizado de esperança, confessou-me toda a sua saturação com o negócio. Resolvemos então limitar nossas atividades a alguns poucos pareceres e consultas redigidos por mim e assinados pelo Caio, aproveitando o seu sobrenome, este sim, solidamente constituído, o que me permitia viver sem sobressaltos, pois não sou ambicioso. Quando concluímos, depois de uma noite de dissipação metódica, que o direito, desde Roma, não era mais do que a codificação da pilhagem, passamos o escritório adiante pelo preço justo daquele sobrenome gravado em bronze em sua porta.

Alguém chegou a dizer-me, um dia, que não cheguei mais longe na vida por ser bonito, o que tornava certas coisas muito fáceis. Outra mulher me disse, até, que se eu não morresse muito tarde daria um defunto distinto num velório entrecortado por prantos suaves. Já eu próprio me vejo, no futuro, não no caixão, mas numa varanda onde venham beber os beija-flores.

Antes disso, porém...

Para fugir à curiosidade do general, evitei contatos, a não ser telefônicos, com ele, até o dia da festinha, restringindo-me ao mínimo necessário aos seus preparativos.

Só o vi poucas horas antes do evento, quando fui lá levar três garrafas de champanhe, que escondi no fundo da geladeira. Logo depois chegaram a Camila e a Celinha com o Caio, pois as duas haviam se disposto a ajudar nos retoques finais, desde que as liberássemos a tempo de ir ao cabeleireiro e vestir-se condignamente, embora o traje fosse livre.

Qualquer objeção ou desconfiança que o general ainda nutrisse até aquele momento pareciam ter se desvanecido, conforme a maneira obsequiosa com que ele se curvava aos menores reclamos das moças.

— Peça aquele tabuleiro ali, general.
— Não tem mais panos de prato, general?
— Preciso de mais farinha de trigo, general.

Apesar do bufê encomendado, a Camila era célebre por suas empadinhas de creme com petit-pois e resolvera vir fazê-las in loco. Segundo o Caio, aquelas empadinhas eram ainda mais irresistíveis que…, e ele fez questão de cochichar isso com as meninas, que caíram na risada.

Não sei se o general ouviu aquela palavra, que também não faz parte do meu vocabulário; de qualquer modo, chamou-me a um canto, preocupado.

— Você não acha conveniente eu retirar da sala o retrato da Edméia?

— General, as mulheres que aqui virão, como, aliás, todas as outras, sabem apreciar a constância e a lealdade de um homem, mesmo quando as põem a prova. Se o sentimento se sobrepõe à morte, então…

— Ah, bom! — disse ele, enrubescendo.

Pouco depois, aproveitando que o general descera para ir ao supermercado, resolvi escapulir, deixando o Caio com as meninas e as empadinhas. Afinal, eu mesmo devia estar pronto à hora marcada. A reunião estava prevista para se estender a partir das dezessete horas, a fim de atender às convidadas que tivessem dificuldades de justificar sua ausência em outros lugares em horas mais noturnas.

2

Flaubert, numa carta a não sei quem, se revelava mortificado pelo trabalho fastidioso de mostrar sua heroína num baile. Se para ele era difícil, imagine-se para outros, ainda quando o acontecimento nem chega a ser um baile. No presente caso, nem mesmo se dançou. Mas eram várias as heroínas, o que torna quase impossível traçar um perfil minucioso de cada.

Pode-se tentar, então, um apanhado por tópicos, como um cronista mundano, por vezes subjetivo.

Tenho dificuldades, sobretudo, com figurinos, sendo incapaz de nomear apropriadamente tecidos e modelos, embora afetado pelos efeitos que provocam.

Porém, *noblesse oblige* — e posso dizer que a Camila, por exemplo, voltou deslumbrante, vestindo uma peça única, fechada, de um matiz que talvez só pudesse ser descrito por um pintor, feita de um pano não digo grosso, mas consistente, que, no entanto, definia cada linha, ponto ou curva do seu corpo, até rasgar-se lateralmente numa das coxas, sem o que, tinha-se a impressão, o vestido explodiria de repente em frangalhos, fazendo a Camila saltar lá de dentro nua.

O general mostrou-se estupefato: "Nem parece a mesma moça que há pouco suava com as mãos na massa. Está mais compenetrada, parece que amadureceu, não sei bem".

Já uma outra convidada, a Elza, que eu não via fazia já um bom par de anos, vestia uma espécie de calça comprida tão folgada que lembrava alguma coisa relativa à Turquia. Alguém sugeriu, talvez maldosamente, que ela havia engordado. No entanto, fossem quais fossem as formas que se escondiam no interior daquele traje — macio, meio sedoso e até bizarro —, ele passava a ideia de que seria bom tocá-las, não sendo necessário nem mesmo vê-las.

Sim, curiosa a subjetividade, se é esta a melhor definição para os impulsos que brotam livremente das fontes mais obscuras. E, às vezes, era algum vestido casto, quase senhorial, adequando-se a uma idade mais madura, que podia fazer alguém, como o cronista, saltar sobre a cronologia ou a face externa e superficial das coisas, para transportar-se a uma sensação olfativa, tátil e gustativa de muitos anos atrás, reacendendo uma centelha que poderia até causar constrangimentos, não houvesse outros convivas a merecer atenção.

Enfim, existe algo de vago e impreciso nisso tudo e há quem

prefira desenhar as coisas com uma simples pincelada, às vezes um tanto abstrata, como fez o Caio — ele próprio um tanto extravagante, todo de negro, berlinense demais para o Rio, mesmo no início do outono, acentuando sua enganosa melancolia, pois ao que me consta é feliz —, jogando na cara da Jacqueline que ela viera vestida com a elegância discreta e oprimida de quem tivera de dizer a alguém que iria a outro lugar que não este, talvez ao dentista. Recebeu de volta um beijo furtivo quase na boca e um olhar de mulher compreendida.

Sem dúvida mais simples seria descrever o general, que estava de camisa vermelha. Quanto a mim, vesti sobre uma leve camisa social listrada, de mangas compridas, um colete desabotoado, um segredo meu para dar um toque de distinção às roupas informais até moldadas pelo uso, uma boa metáfora para mim mesmo. Um colete que era uma linha divisória — que, ela sim, bem me definia — entre o clássico e o moderno, a forma rigorosa e o mergulho livre nas trevas e na fantasia.

Lá pelas seis horas, suado e extrovertido como todos os gordos, chegou o Pedro Fontana, olhando para os vários cantos do salão, desconfiado de haver perdido algum fato importante.

— Ele não queria me deixar sair e ameaçou vir também — disse. — Praticamente tive de fugir.

"Ele" era o presidente da República. O Pedro não se dava ao trabalho de explicar, mas qualquer pessoa um pouco mais perspicaz suspeitaria que o pretexto do Pedro para voar de Brasília fora o presidente da República, que viera ao Rio lançar não sei que tipo de programa social, provavelmente fictício.

— Vai contando logo quem é o homenageado — ameaçou-me o Pedro, quase me imprensando contra a parede.

— Calma! Primeiro você vai provar dessas empadinhas —

eu disse, fazendo um sinal para a Camila, que resolvera servi-las pessoalmente, dispensando o garçom. E aproveitei para escapulir.

Porque a presença do Pedro Fontana logo fora ofuscada pela Maria Aparecida, que chegou divina, vestindo uma espécie de faixa romana ou grega, que lhe cobria transversalmente o corpo e devia ter custado alguns milhares de francos e talvez valesse isso mesmo, pelo menos sobre a pele negra da Aparecida e por causa da assinatura de algum costureiro importante. De suas orelhas pendiam duas argolas que talvez nem n'África se usassem mais, enquanto, com a mão direita, ela se apoiava numa distintíssima bengala, que deixou cair sobre o tapete ao jogar-se em meus braços.

Se o Pedro veio da província, a Maria Aparecida viera de Paris, também especialmente para a ocasião, segundo disse, atendendo ao fax que eu lhe enviara sem muita esperança, mais porque não me perdoaria se só soubesse de tudo depois de acontecido. Bem, se fosse mentira sua, era uma amável mentira.

Nosso abraço foi terno e demorado, apesar de alguma coisa se interpor entre nossos corpos.

— E então? — eu disse, afastando-me um pouco para olhá-la.

A Cida estava grávida.

— E então? — ela disse, rindo entre lágrimas que me remetiam a outras lágrimas, de quando ela partira ao encontro do barão francês que a pediu em casamento na noite mesma em que a assistia num show do Hotel Nacional.

— Me perdoa — ela implorara então, ajoelhada.

— Perdoar do quê? — Eu lhe estendera a mão para que se erguesse. — Cada um vê a sua luz e deve segui-la — talvez eu também lhe tenha dito, além de outros excessos justificáveis pela ocasião, tais como "desígnios do destino", "o rio que corre", "os braços do acaso que nos livram das escolhas arbitrárias pelas quais só podemos culpar a nós mesmos no futuro", "o amor que permanece justamente porque os corpos se separam" etc.

E, de fato, bastava-me saber que a Maria Aparecida subira de um palco a outro, do Nacional ao altar de alguma catedral gótica, da minha cama despojada de solteiro a um leito redondo com rendas e cortinados, de uma carreira duvidosa a personagem principal de um conto de fadas, para que eu me sentisse feliz com ela e um fio invisível nos ligasse, cada um lançando ao outro, de vez em quando, a centelha do desejo jamais apagada pelo tédio que nunca chegara a sobrevir. O que era um oceano de separação diante disso?

Curvei-me para pegar a bengala.

— Você precisa usar isso ou é apenas um distintivo?

Ela fez soar sua gargalhada rouca.

— Não, é sua. O meu presente pelo dia de hoje.

Teria ela adivinhado alguma coisa?, perguntei-me, procurando disfarçar a comoção. Mas logo a Maria Aparecida estava cercada pelas outras mulheres, pois trazia em si, sobrepondo-se a qualquer espírito de competição, quatro itens que interessavam a todas: gravidez, nobreza, Paris e alta-costura. E eu, como anfitrião, embora em casa alheia, devia circular. Antes, guardei a bengala sobre livros na estante da sala. A essa altura já se espalhava pelo recinto que o motivo da reunião eram os meus cinquenta anos, versão que não estava longe da verdade e que, não desmentindo, eu encorajava.

Haviam chegado também a Angelina, uma epicurista que alguns chamavam de devassa e escrevia livros infantis, e a Moira, que parecia ter saído de um livro desses, com sua palidez de anjo realçada por duas rodelas vermelhas nas faces, por causa do conhaque que o general resolvera liberar de sua adega. Com seu vestidinho e as meias xadrez, a Moira parecia ter vindo diretamente do colégio. Ninguém diria que era uma profissional.

Já a Adriana Torres — nome fictício, que dou a um nome por sua vez artístico, e se houver um dia leitores acidentais para esta peça, que a reconheçam por sua biografia, paciência —, ela é que fora minha cliente, na única vez em que mergulhei no lodo, apesar de perfumado, do processo penal, para sair dele triunfante. E agora eu devia dar alguns minutos de atenção a ela, que tinha a suscetibilidade à flor da pele depois de tudo por que passara, ou mesmo antes.

Reduzindo aqui ao mínimo quatro ou cinco horas de peroração, com réplica e tréplica, eu dissera ao meritíssimo juiz e aos jurados, naquela ocasião, que tanta celeuma fora levantada pelo caso apenas por se tratar de uma grande atriz (trabalhara inclusive em várias novelas) e, principalmente, de uma mulher. Entenderiam os senhores do júri o que significava exatamente esta palavra, este ser cuja condição é viver profundamente os sentimentos?

Disse ainda que Adriana Torres, como em toda grande tragédia, fora uma peça manipulada pelo destino, pois ao pegar a faca o fizera inconscientemente, porque estava justamente na cozinha preparando a refeição daquele homem que chegara tarde da noite e não a merecia. Tanto é que, logo depois, abraçou-se ela ao corpo dele, beijou-o mesmo, numa tentativa desesperada e vã de reanimá-lo com o seu carinho.

O promotor, também para resumi-lo, argumentou que tudo aquilo e mais alguma coisa contrariavam as provas dos autos, o processo penal e o próprio direito. Que autos?, eu replicara. Como se podem reduzir a dor e a paixão humanas a um monte de papel empoeirado? E o meu opositor verdadeiramente se perdeu quando levou o debate para uma denúncia demagógica do pouco-caso que eu estaria fazendo das instituições jurídicas e dos seus procedimentos minuciosos para se alcançar a justiça. Se isso podia sensibilizar o juiz, provocara bocejos nos jurados e espectadores, ávidos de emoções mais consistentes.

Terminei por livrar Adriana da culpa legal, porém de outra espécie de culpa, mais arraigada, era muito menos fácil libertá-la.

— Nenhum outro homem vai me querer e com razão — ela se lamentara tão dramaticamente que cheguei a me indagar se o seu crime (se o seu defensor devia nomeá-lo assim, mesmo em pensamento) também não fora uma representação extremada.

Provei-lhe que estava exagerando e não lhe mentia quando disse que aquele incidente poderia inibir alguns, mas atrairia o calor e a solidariedade de outros, o que sua vida posterior veio confirmar. Falei-lhe ainda das outras culpas, anteriores ao acontecimento funesto. Para evitar qualquer mal-entendido, também cobrei honorários justos e encaminhei-a a um psicanalista, o qual, diz a lenda, apaixonou-se por Adriana e largou a família para viver com ela, até ser, por sua vez, abandonado. Assim é a vida, se isso foi mesmo verdade.

Aliás, nesse momento aproximava-se de nós o Pedro Fontana com a intenção evidente de ser apresentado.

Vieram também a Verônica, uma garota que eu praticamente vira crescer no playground do meu prédio; a Mara, a Aurora e Inês, a manca.

Como sempre, Inês fora anunciada por um pressentimento na nuca e, quando a gente virava a cabeça, ela estava lá, sentada sozinha com seus segredos e um cálice, como se quisesse passar despercebida. Por algum misterioso magnetismo, no entanto, os olhares eram atraídos para ela, como acontecera comigo num restaurante, sem que eu sequer soubesse o que se ocultava sob a sua mesa.

Depois, num apartamento onde havia um biombo, eu me perguntara se no apoio que poderia dar-lhe, afastando-me de uma solidão egoísta e mesquinha, não encontraria minha própria felicidade. Pois não haveria em certos amores, dos mais intensos e legítimos, uma abnegação pelo ser amado?

Nos dias que se sucederam, logo descobri que a carência de Inês se encontrava muito além do meu alcance, sempre além, em algum espaço inatingível. Chorei, bati a cabeça na parede, telefonei-lhe em horas impróprias, sabendo que outro podia ocupar o seu leito, fui visitar minha mãe velhinha, tomei comprimidos — e nada! Ela se mostrava inflexível em sua altivez cruel. Mas quem não terá passado por tais coisas, um dia, para sair delas fortificado pela dor? E, hoje, eu podia beijá-la paternalmente na testa, quase sem sobressaltos.

— Como pode você, tudo isso...? — lançou-me o general, fazendo um gesto largo e expressivo para o salão.

— General — eu disse, pondo a mão em seu ombro —, *tudo isso* não é mais do que um caminho para o outro lado, onde se encontram a quietude e a pureza, que alguns, como os religiosos e os militares, alcançam logo no início pela disciplina. Outros devem passar por provações e desejos que precisam satisfazer, para descobrirem sua vacuidade.

Alguém havia trazido discos e pusera para tocar um desses duos ou trios vocais norte-americanos, chatinhos e agudos, da virada para os anos setenta, tempo em que várias, ali, haviam vivido sua primavera.

Passei pela Celinha, que, por ter ajudado nos preparativos, também se fazia de anfitriã, e disse:

— Vê se põe o Julio Iglesias. O Caio disse que está escondido no meio dos discos de ópera. O general faz segredo, mas adora.

Minha ex-mulher também veio, olhou para o salão, olhou para mim, como se dissesse: "Então é para isso que me convida?", e retirou-se. Talvez acreditasse que o seu gesto exibia uma grande carga de dramaticidade e altivez diante de uma desfeita, quando, na verdade, não houvera qualquer intenção minha de deboche ao convidá-la, muito menos de ironia, que me parece um artifício menor, e, se ainda a utilizo, é por não ter alcançado a simplicidade que se encontra na raiz e no fim das coisas.

Mas o momento verdadeiramente dramático, apesar do seu transcurso velado, foi o encontro com minha irmã, uma das duas gêmeas idênticas, que não tive dificuldades para reconhecer, já que a outra não viria ali.

Ela me abraçou de forma intensa.

— Quero falar com você a sós.

Em toda a parte havia gente.

— Aqui só se for no banheiro — brinquei.

— Vá na frente e deixe a porta destrancada — ela disse, séria.

Entrei no banheiro e esperei, meio tenso. Logo ela se materializou ali, silenciosamente, trancando a porta atrás de si.

— A dignidade na solidão. — Indiquei o aposento, tão arrumadinho que parecia ter ainda o dedo da Edméia nele.

Ela ignorou o meu comentário:

— O que está pretendendo com essa... comemoração? Alguma despedida?

Ela me encarava bem no fundo dos olhos, o que a outra irmã também fazia, antigamente, só que passando uma vibração, uma centelha, diferente, de reserva, talvez de medo, antes de desviar o olhar.

— Você verá, não se preocupe, não há nada de trágico — eu disse. Sua cabeça se apoiava sem peso no meu peito.

Mas não pude deixar de pensar, olhando para a janela basculante que dava para um vão escuro nos fundos do prédio, que sempre havia uma fresta por onde podia entrar o drama, não importava o meio como a gente se defendesse.

Virei-a para o espelho, abraçando-a pelas costas.

— Você fica bem com esses vincos no rosto. — Ela sorriu com alguma tristeza. — Invejo os homens.

— Por quê? Você continua bonita como sempre.

Em seus cabelos, agora, havia muitos fios prateados. Ela era oito anos mais nova do que eu. Quando ela nasceu, meu pai já tinha morrido, o que, tempos depois, me levara a reflexões estranhas. Alguém morre e deixa no seu rastro uma vida, duas vidas. Aos poucos fui concluindo que meu pai, ao engravidar minha mãe outra vez, já intuía o câncer no seu corpo. Essa fora a sua forma desesperada de ficar.

Meus braços a tocavam bem sob os seios, que ainda se sustentavam. Entre nós sempre houvera mais do que fraternidade, porém menos que... Menos que o quê? Sabíamos que se ultrapassássemos certos limites tudo se destruiria, não exatamente por causa das convenções, mas por alguma coisa que, para permanecer viva, precisava ser mantida em suspenso. Ah, aqueles banhos! E houvera um dia em que eu entrara no banheiro e quem estava lá era a outra irmã, que levei alguns segundos para identificar.

Quem poderá compreender a proximidade das camas, em nosso quarto, naquele apartamento modesto de viúva, de modo que eu podia tocar com a mão, durante a noite, a irmã que agora estava ali comigo, enquanto a cama da outra, talvez por um simples acaso, ficava junto à janela no canto oposto ao da minha? Quem poderá compreender a delicadeza daqueles corpos se revelando no sono? Até que um dia tive certeza de que devia ir embora.

— Se alguém nos viu entrar, pode pensar que estamos cheirando cocaína — brinquei de novo, mais para disfarçar a comoção.

Minha irmã não se deixou levar.

— Ela foi morar em Teresópolis — disse, sabendo com certeza que eu via no espelho também a outra, que era impossível, para nós dois, não ver a outra.

— Eu sei — eu disse.

— O segundo casamento dela também não deu certo. O casamento de nenhum de nós dá certo.

— Mas você também casou uma segunda vez — eu disse.

— Talvez eu apenas me proteja, sei lá.

— Nenhum casamento dá certo. Pelo menos da maneira como as pessoas antes achavam que era dar certo. Então pode-se dizer que todos deram certo quando deram o que tinham a dar

— Eu fugi, mas desejando com força que ela prosseguisse.

E ela prosseguiu, adivinhava que aquele era um dia especial, propício a revelações.

— Foi por você que eu jamais consegui me aproximar intimamente dela. Ela tinha ciúmes.

Tentei aparentar distanciamento, mas meu coração batia.

— Ciúmes de mim, com você? Ou ciúmes de você comigo?

Ela soltou uma boa risada. Já tinha se livrado dos meus braços.

— Espertinho. Está aí um emaranhado que as palavras não podem desatar. Mas talvez eu possa dar mais um laço nele, como presente pelo dia de hoje, seja lá que diabo você estiver comemorando. Eu também tinha ciúmes. De você? Dela? De ambos? Eu disse que invejo os homens. Deduza disso o que quiser. Talvez eu soubesse que vocês se amavam em segredo. Eu sentia ciúmes… e achava isso excitante. Nunca ninguém foi tão misterioso para mim quanto ela. Minha irmã gêmea, quem diria. Ou talvez por causa disso mesmo. Talvez ela quisesse marcar a sua diferença. Quanto a você, é isso que aí está — ela disse, com um sinal de sarcasmo indicando a festa.

Antes que me desse conta do que acontecia, minha irmã agarrou-me pela cabeça com as duas mãos e deu-me um beijo na boca. A única vez na vida em que chegara a fazer isso. E logo já estava saindo, fechando a porta sem ruído. Mas permaneceu na festa.

Dei um tempo ali, para recompor-me. O suficiente para assimilar toda a exaltação que sentia, a fim de poder carregá-la comigo sem que transbordasse para todos os lados. Uma sensação de que, de repente, todas as peças se juntavam. E isso estava destinado a acontecer naquele dia e num banheiro, em cujo espelho eu podia ver, refletido, também aquele outro chuveiro dentro de um boxe, onde minha outra irmã tomava banho quando eu entrara. E de lá ela sustentou o meu olhar, deixando que eu a visse o bastante para guardar comigo o seu corpo em tal momento, em tudo semelhante ao da irmã, mas ela era a outra, com todo o seu mistério, antes de fechar a cortina para mim, de forma que eu carregasse para sempre a sua imagem, como passei a carregar, depois, a da moça da flauta.

> *Certa manhã de minha vida eu despertara com o som de uma flauta. Ainda na fronteira do sono, demorei algum tempo para entender que aquela melodia não soava dentro de mim, mas no curto espaço entre dois prédios, um dos quais eu habitava num apartamento de fundos.*
>
> *Ergui-me e cheguei à janela, para surpreender a moça debruçada no parapeito da sua própria janela, mais abaixo, no outro edifício, tocando concentradamente aquela canção simples e bela: "O hino ao povo de um lugar".*
>
> *Pressentindo a minha presença, ela levantou os olhos e sorriu,*

apenas com este olhar. Estava com os seios de fora e tocou a canção até a última nota. Depois tirou a flauta da boca, sorriu de novo e fechou a cortina.

Muitas vezes voltei à janela, com a esperança de vê-la, ou, deitado na cama, esperava ouvi-la. Isso nunca mais aconteceu e acabei por descobrir que o apartamento era ocupado por uma família, sem o menor sinal da moça, que devia ter se hospedado ali apenas por uma noite.

Gravei fundo aquela imagem, mas como a música se faz no tempo, é impossível fixá-la numa nota. Então só me restava seguir com ela, flutuando para sempre em sua melodia.

3

Voltei aos convidados. Na cama larga do dono da casa, sentavam-se três mulheres. Havia marcas de copos nas duas mesinhas de cabeceira, cinzeiros abarrotados, fumaça. Nunca vi o general tão feliz. Da sala chegavam os últimos acordes de "Malagueña", interpretada por Julio Iglesias.

Peguei a conversa no meio. A Elza dizia à Maria Aparecida que o Brasil ficava completamente fora da rota, era só olhar o mapa.

O general, que se encontrava de pé, meneou a cabeça gravemente, como se tivesse acabado de ouvir algum argumento profundo. Disse que a teoria da Elza estava de acordo com algumas versões sobre o descobrimento, mas que havia outras que apontavam para uma intenção secreta da Coroa portuguesa de nos descobrir.

A Maria Aparecida discordou, não do general, mas da Elza.

— Me perdoa, minha filha, mas os europeus não pensam noutra coisa senão vir para cá. Esse céu, esse mar... — e então ela apontou lá para fora, fazendo-se acompanhar da sua risada rouca, com uma falha lateral nos dentes branquíssimos que causava frisson em Paris, segundo li numa revista. Parecia meio ébria, naquele limite fugaz da felicidade. — Eu já disse ao Jean--Jacques que vou ter o filho aqui. Se ele quiser que venha.

— Ah! — suspirou o general para a baronesa. — Se todos pensassem assim...

A Elza pediu socorro à minha opinião. Preferi ficar em cima do muro. Disse que, para mim, o próprio planeta estava fora da rota. E que a teoria mais coerente era a de que Deus enviara uma expedição de anjos inseminadores a algum ponto do universo, porém ventos inesperados os fizeram aportar aqui. Depois Deus se esquecera deles e de nós, seus descendentes. Daí essa saudade atávica, esse degredo.

Fui nada mais nada menos que aplaudido.

— Meio século! — brindou-me o general, no que foi acompanhado por todos.

Aproveitei o pretexto de não ter um copo nas mãos para escapar. Passei na cozinha, transmiti uma ordem ao garçom e servi-me, pessoalmente, de uma dose dupla de conhaque.

No escritório, Pedro Fontana pontificava numa roda graciosa formada pela Angelina, a Celinha, a Mara e a Aurora. Talvez por isso, se permitisse pequenas inconfidências. O assunto, coincidentemente, eram o país e o mundo.

— *Ele* me convidou para participar de manobras conjuntas na fronteira com a Colômbia, unindo os exércitos dos dois países. Sabem o que respondi a ele? Estou velho demais para isso, presidente. Se ainda fosse na fronteira com a Itália...

Todos riram, menos a Angelina, que era filiada ao Partido dos Trabalhadores.

— Ele não passa de um exibicionista barato — sentenciou.

— Talvez jogue para uma plateia menos exigente do que a nossa — disse o Pedro, sem qualquer ironia.

Intrometi-me:

— Quando começamos a olhar para ministros, bispos, presidentes, do alto da nossa experiência, meu querido, é um sinal mais claro que o do espelho de que o tempo passou.

— Mas que melancolia é essa, meu amor? — disse a Aurora, passando a mão nos meus cabelos.

Isso lembrou-me de um dia em que eu me sentara em seu colo, apesar de ela ter, no mínimo, dez anos menos do que eu. Tomei-lhe as duas mãos:

— Não se aflija, minha cara. A melancolia não é um sentimento totalmente desprovido de encanto.

— Mas, afinal, o que se passa hoje aqui nas minhas barbas? — resmungou o Pedro, enciumado. — Parece que sou sempre o último a saber.

— Você saberá daqui a pouco — falei. — Agora, com sua licença, preciso dar um telefonema.

Ao cruzar, depois, o corredor, rumo ao salão, de onde uma canção estranha me atraía, fui agarrado pelas costas.

— Seu bandido, o que está querendo aprontar? Quase não tem homem aqui.

Consegui virar-me para ela:

— A ideia é essa mesma, Camila.

— Aquela assassina amiga sua está dando em cima do garçom.

— Não exagera.

— Já deu até autógrafo para ele. E o Caio não se desprega daquela outra piranha.

Acho meio suspeito o verbo que se segue, mas não tenho outro para dizer que ela *arfava*, esfregando-se em mim. Ah, se o general a visse agora.

— Que tal as minhas empadinhas?

— Estavam divinas como sempre. Todos avançaram nelas, você viu.

— Não quer provar mais uma?

Embora sem arfar, retribuí um pouco as esfregadelas, antes de despregar-me.

— Desculpe-me, querida, mas acabaram. E hoje não me pertenço.

O clima no salão era de quietude, quase mistério, realçado pela meia-luz em um de seus ambientes e por aquele disco que tocava baixo, com sua voz e sua percussão introspectivas soando-me familiares. Na varanda, debruçados, a Jacqueline e o Caio contemplavam sonhadoramente a noite que caíra.

Num sofá, naquele recanto iluminado apenas por um abajur, sentavam-se a Verônica e a Moira, as mais jovens na festa, com seus vestidinhos curtos que as obrigavam a manter-se na borda do assento. De frente para elas e de perfil para mim, também na borda de uma poltrona, minha irmã segurava a mão da Moira. As três pareciam trocar daquelas confidências que as mulheres só se permitem entre si. Inês, a manca, havia desaparecido.

Bastou que a Verônica, com seus cabelos espetados, levantasse os olhos na minha direção e sorrisse para que eu reconhecesse aquele disco, que de forma alguma podia pertencer à discoteca do general, e a canção que há pouco me atraíra.

— *How beautiful you are* — soletrei mudamente para ela, aquele título que podia valer para todas, mas se referia particularmente a um encontro nosso, quando a Verônica, aproveitando uma saída dos pais, convidara-me a ir ao seu apartamento, numa visita cuja única clandestinidade consistia em ouvir os seus discos comigo; e não passara disso.

— Ouça — ela pedira, num diálogo entre gerações que hoje se tornava ainda mais emblemático. — Essa música é inspirada em Baudelaire.

— Ah, esse eu conheço — eu dissera.

As outras duas também sorriram, mas desisti de aproximar-me. Não apenas porque me sentiria um intruso naquele momento, mas porque formavam as três um belo quadro vivo que poderia desfazer-se com minha presença, como quando se atira uma pedra num lago.

Tomei um gole de conhaque e tive a sensação de que se fotografasse aquela cena capturaria também a figura de Inês, sentada ereta, no fundo, numa cadeira de espaldar.

O Caio, deixando a varanda com a Jacqueline, fazia-me um sinal. Aproximei-me deles.

— Ela quer se despedir — ele falou.

A Jacqueline deu-me um beijinho e parabéns:

— A essa altura já sei que o festejado é você, não precisa disfarçar.

— Por que não espera mais um pouco para ver?

— Minha vida é problemática.

— Compreendo.

— Os maridos em geral não são sábios — disse o Caio, que agora segurava a mão da Jacqueline e a encarava como se lesse a sua alma. — Não compreendem que a única garantia possível é a do amor. E os que exigem fidelidade são obrigados a conviver com a mentira. Aliás, estivemos falando de você. Citei o seu desprendimento como exemplo.

— Se ao menos eu entendesse essas coisas quando te conheci — disse Jacquie, virando-se para mim.

Na verdade, ela me infernizara com um ciúme muito além do meu valor e do peso real da nossa efêmera ligação.

— Isso é uma coisa que vem com o tempo — falei.

O Caio achou melhor mudar de assunto.

— Convidei-a para ir ao hipódromo numa tarde dessas. Um programa que mesmo o mais irritadiço dos maridos achará inocente.

— Já que é inocente, não vejo por que precisam incomodá-lo — disse eu.

— É, acho que você tem razão — disse a Jacqueline.

— Não quer vir também? — sugeriu o Caio.

— Não creio que vá poder. De qualquer modo, obrigado.

Deixei-os a sós, à porta, para as despedidas, e tomei o último gole do meu conhaque.

Para além da beleza hipnótica de sua coloração, o conhaque é a bebida destilada por excelência, reduzindo os ingredientes que o compõem à sua mais pura substância.

Lá pela segunda dose, não mais do que isso, o bom conhaque, como o do general, destila também em nós as sensações, que se tornam excelentíssimas, filtradas dos seus resíduos maléficos.

Quem já provou a felicidade, algum dia, terá conhecido a aflição de não conseguir abrigar tamanho sentimento, terminando por dispersá-lo em atos, palavras, ou mais uma dose do que quer que seja.

Com o conhaque, em sua medida certa, podemos capturar, por instantes, a essência não figurativa da realidade, sentir em nós o amor sem um rosto preciso, que concentra em si todos os outros amores. Nesses momentos, o cálice serve de mediação entre a alma e o corpo, e, nos países de língua inglesa, o conhaque — brandy — inclui-se entre os destilados a que chamam de spirits.

4

Minha fala, ainda que um tanto obscura, foi uma peça de concisão. Não pedi a palavra. Apenas chegou aquele momento em que, abrindo-se um vácuo entre mim e os convidados, instalei-me nele, não sem antes interromper o percurso da agulha no disco, para que nenhum fundo musical — nem mesmo The Cure, com ou sem a chancela de Baudelaire — conferisse às minhas palavras qualquer conotação ou melodia que não soassem delas próprias. Pousei o cálice na estante, e, quando tomei a bengala, senti com esta a familiaridade de uma velha conhecida.

"Queridas amigas e amigos", comecei em tom de conversa, sem muita noção de como continuar, pois era uma peça de improviso, norteada por uma ideia geral. "Existe uma distância tão ínfima que às vezes se torna invisível, e tão gigantesca que outras vezes parece intransponível, entre o poético e as coisas chãs, a carne e o espírito, de modo que é preciso dar um passo ao mesmo tempo pequeno e abissal para transpô-la."

Vi que pecava pela tal obscuridade, embora para mim ela fizesse um claro sentido. Mas não tinha importância, porque ninguém estava prestando atenção. De qualquer modo, retifiquei o rumo da minha fala, mas não dos meus pensamentos.

"Mesmo que não houvesse uma razão para esta festa, o simples fato de estarmos reunidos já seria motivo suficiente para festejá-lo." Fiz uma pequena pausa, enquanto os convidados se aproximavam. "Porém, existe, uma razão específica para este encontro", continuei. E creio que foi aí que as pessoas, sempre sequiosas de fatos, passaram verdadeiramente a ouvir-me.

"Trata-se, hoje, com um mínimo de solenidade, mas com todo o sentimento, da despedida de um companheiro."

Como não havia chegado mais nenhum outro homem, os

olhares passearam sobre os que estavam ali, fixando-se sobretudo no general, que tinha deixado os seus aposentos e postara-se, ruborizado, na divisória do corredor com o salão.

"Por favor", eu disse, "não dirijam esses olhares de adeus para o anfitrião, que também teve a bondade de aguardar este momento para saber o que se festeja. O general já se reformou há muito, e a sua saúde, goza-a plenamente."

As pessoas riram e o rosto do general se desanuviou, com um sorriso de satisfação e simpatia. Prossegui.

"Mas, tomando como inspiração o próprio general, posso dizer que o momento da retirada deve ser de plenitude."

Era natural que os olhos femininos se voltassem para o Pedro e para o Caio — principalmente o último —, e o olhar de ambos, de um para o outro. Já o meu voltou-se, com uma piscadela, para o Caio, quando falei do Pedro — e vice-versa.

"Quanto ao Pedro Fontana e o Caio Tácito", eu disse, "a volta do primeiro ao seu verdadeiro lar, na capital, é uma viagem na rotina de uma vida rica até de renúncia. E o Caio, apesar de ter vivido uma existência já bastante plena para a sua idade, creio que busca ainda mais plenitude e não penso que necessite de retornar à velha mãe, à Europa, quero dizer, para consegui-la."

Percebi pelo burburinho que as pessoas estavam um tanto confusas. Algumas olhavam para a porta ao meu lado, como se dali pudesse surgir, de repente, o homenageado, talvez o barão da Aparecida em pessoa, confirmando um último boato.

"Melhor seria", adverti, "que olhassem em minha direção. E que procurassem atravessar a simples aparência, estes vincos no rosto, este colete, para alcançarem aquele ponto tangencial entre o corpo e o que o ultrapassa. Aquele ponto em que também um outro se manifesta."

Fiz uma pausa, enquanto o meu olhar percorria, durante aquela fração elástica de tempo que todos os que já falaram em público conhecem, as faces das mulheres (os amigos eram apenas queridas testemunhas), de modo a cada uma sentir que, para além do ponto vago e abstrato de convergência, que continha todas, eu lhe falava em particular.

"Despeço-me então eu?", lancei, fixando meu olhar novamente no vago e no indefinido, para não dizer o longínquo e o indecifrável. "Não propriamente. Talvez fosse melhor dizer que se retira um outro, para uma vida mais meditativa."

"Cinquenta anos — ou meio século, como diria o general, que já o venceu — é uma idade redonda, quando se aporta a um certo intimismo crepuscular que é fonte de poesia, desde que não se oponha resistência ao seu curso."

Aqui, passei, quase imperceptivelmente, ao plural majestático.

"E antes que certos sinais se acentuem, que tenhamos de recorrer ao esforço, como os atletas e os artistas em declínio, recolhemo-nos a um certo estado de suspensão — que mantém a chama permanentemente acesa, entre o desejo e o seu esvaziamento.

"Posso também dizer que descobrimos agora o prazer da releitura, não dos livros, mas da vida mesma e, como Marcel Proust, mal comparando, até porque não pretendemos deixar escrito senão um ou outro apontamento, trata-se de nos afastarmos para uma espécie de redoma, uma bolha protegida, digamos assim, a fim de traçarmos um mapa, uma carta minuciosa dos fatos e impressões desta vida — e talvez seja aí, em sua repetição interior, que eles se tornam mais reais."

Surpreendi um ou outro bocejo discreto entre os ouvintes e apressei-me a lançar-lhes um contraponto.

"Mas quem é esse outro que se retira? Como nomeá-lo sem cair na vulgaridade, este outro que tem muitas alcunhas, todas impronunciáveis? Se apontamos secamente para as coisas com os substantivos que lhes cabem, pode ser pouco para abranger a amplitude de certas qualidades a elas inerentes ou dos sentimentos que despertam, sua delicadeza."

Inadvertidamente, eu erguera a bengala.

"Se tentamos cercá-las pelo que não são, para que cintile, ao final, o que são, podemos pecar por um excesso barroco. Mas que remédio senão recorrer às figuras?"

Dirigi, nesse instante, um olhar que reputo sonhador, através da varanda, para a noite atlântica lá fora. Vi um farol que varria em círculos as vagas, vi a espuma. Vi, mesmo, as luzes de um navio que se afastava. Pensei, até, que alguém, no convés, deveria estar lançando um olhar saudoso para as luzes que nos iluminavam em terra. Mas não falei nada disso.

"Então me vem sempre à mente — na verdade, era a primeira vez que vinha —, para nomeá-lo, este outro que parte e a quem homenageamos (e não se deve detê-lo), a imagem feminina e masculina de uma flauta" — foi o que eu falei. "E penso no encontro com todas vocês, independentemente do grau das relações, como o toque dessa flauta num concerto de câmara. Não a execução burocrática de uma peça por um virtuose técnico, mas pelo artista frágil, sensível e até inseguro, que mergulha com toda a candente imperfeição do seu ser na música, de forma que a melodia não se esgota em seu espaço e tempo, mas prossegue além, fazendo-nos flutuar em seu corpo muito depois que se fecharam as cortinas."

Dei-me conta de que havia terminado e estendi o braço para a vitrola, recolocando a agulha sobre o disco. Mr. Robert Smith retomou de um ponto qualquer o seu discurso. Fiz um sinal para o garçom servir o champanhe, bebida superficial mas que costuma causar um certo impacto. E, antes que convidadas e convidados saíssem de sua perplexidade para decidirem se deviam aplaudir ou não, ou mesmo se haviam compreendido, aproveitei o efeito surpresa para dar-lhes as costas, abrir a porta e cair fora.

5

Minha retirada foi uma operação de logística. Eu estudara o terreno, quando viera mais cedo ao apartamento do general — e constatei que havia uma porta de vaivém entre as áreas dos elevadores social e de serviço. Arremeti contra ela e desci às carreiras os lances de escadas até três andares abaixo, onde tomei o elevador, sempre de serviço. Não queria correr o risco de que me alcançassem para cumprimentos, comentários e, principalmente, perguntas. Se eu não dissera tudo, dissera o bastante para que os ouvintes completassem as lacunas exigidas pelo bom-tom.

A retirada foi também um tanto ridícula. Mas não tem importância: é preciso saber o momento exato de arrancar uma personagem de cena. E qualquer pessoa que tenha frequentado os bastidores de teatro — eu os frequentara defendendo os interesses legais de Adriana Torres — sabe que a uma ordem rigorosa no palco podem corresponder atropelos nas coxias.

Mas já tinha a respiração normalizada quando deixei o edifício e caminhei com passos rápidos, porém ordenados pela bengala (não queria dar a impressão de que fugia), em direção ao carro que me esperava dois quarteirões adiante, conforme combinado ao telefone.

Não sei como terminou a festa. Mas suponho que todos, os mais lentos auxiliados pelos mais sagazes, tenham saído da perplexidade para o entendimento acerca do que ou de quem se homenageava — e continuaram a homenageá-lo.

Posso também supor que, de uma forma ou de outra, haja chegado aos ouvidos das pessoas a localização aproximada do nosso retiro. E talvez nunca nos contaram apenas em respeito ao caráter reservado de certas relações.

Porque não se trata, desta vez, simplesmente de um plural majestático, pois existe uma pessoa a mais. E, mais do que uma casa na serra, este lugar ao qual nos recolhemos, eu e minha outra irmã, é aquele espaço para onde convergem, circularmente, passado, presente e futuro. Acredito que todos nós, em algum momento de nossas vidas, desejamos que a existência conflua para este espaço em que podemos percorrê-la uma segunda vez, para vivermos num segundo plano o vivido, talvez retificando-o aqui e ali.

Mas se deixo um depoimento escrito, a despeito de vir ou não a ter leitores, é para que a história paire com certa autonomia sobre os que costumam cobri-la de fantasia ou de escândalo.

Devo então firmar que, nos laços fraternos que nos ligam, não se inclui, até em respeito à maturidade de nossos corpos, nem mesmo a intimidade dos quartos ou banhos em comum. Mas o que significam portas e paredes quando a memória revivificada pode facilmente transpô-las?

Para que tal fosse possível, no entanto, era preciso apaziguar a personagem a quem se homenageou na singela festa, transcrita também nos anais daquele colunista que registrou, em pequena nota, que, "com a retirada da ativa de Sílvio Martins, privava-se o país de mais do que um jurista singular".

Não que sua luz tenha se apagado, acrescento eu, pois que ilumina aquele recanto em que se encontra suspenso o desejo, onde se instala talvez uma arte.

E quando nos damos as mãos, eu e a irmã — em quem não posso deixar de ver a outra —, ouvindo música ou a mata ao nosso redor, escutamos também uma outra composição, como se executada numa caixinha de música, naquele quarto primeiro, no qual minha cama ocupa nesta nova versão o centro, de onde posso tocar dois corações sob seios que mal nasceram, como se pulsássemos na mesma bolha.

Posfácio
Breve história do verbo

José Geraldo Couto

No princípio era o caos. O verbo veio depois, seja para ordená-lo e dar-lhe um sentido unívoco e inequívoco — como fazem tantos escritores, filósofos, sacerdotes ou políticos —, seja para inventar outros mundos, outras versões do caos, mais belas, poéticas ou divertidas. No primeiro caso, a palavra domestica e aprisiona. No segundo, liberta, abre possibilidades, desencadeia potências.

A literatura de Sérgio Sant'Anna, evidentemente, é movida por esse segundo impulso. Não lhe interessa explicar o mundo, mas explorar suas infinitas hipóteses, examiná-lo como um campo aberto para a criação de realidades, de vidas possíveis. Nas três narrativas breves deste livro a intenção libertária está presente de modo quase ostensivo. Em todas, a linguagem verbal é um fluxo (palavra cara ao escritor) que não se limita a descrever uma realidade dada, mas a transforma e reinventa a cada passo.

Não se trata de desprezar ou dar as costas ao mundo real, empírico, mas de reordenar seus dados de modo a revelar como são frágeis os limites que mantêm "cada coisa em seu lugar".

No primeiro conto, aquele que dá título ao livro, temos um exemplo eloquente dessa operação. Reduzido bruscamente a seu entrecho, trata-se de um dia na vida de um crítico de livros que faz um teste para um emprego de redator de folhetos religiosos. Mas, por trás, ou, antes, por dentro do encadeamento factual, o que encontramos é um vertiginoso embate de linguagens, conduzido pelo fluxo verbal do protagonista-narrador.

Os truques do discurso publicitário, os clichês de autoajuda de uma revista feminina, a lábia do vendedor de lotes de cemitério, a dicção elevada das escrituras religiosas, a especulação filosófica sobre a matéria e o espírito, tudo isso se combina de modo ao mesmo tempo estimulante e jocoso, num contexto narrativo em que as ideias mais sublimes se manifestam num balcão ensebado de boteco, num fétido banheiro público, numa fila de ponto de ônibus ou numa cama de quitinete.

Ao fim de tudo não há um fecho ou conclusão: o mundo segue tão enigmático, movediço e indecifrável quanto antes, mas é como se algumas frestas em sua carapaça cotidiana tivessem sido abertas, tornando-o mais agradável, ou mais *humano*, na falta de palavra melhor. Pois o que se revela aqui, entre outras coisas, é a fragilidade do indivíduo diante da imensidão do real, a par de sua capacidade de transfigurá-lo pela imaginação e, no fim das contas, pela palavra.

A mesma faculdade encantatória e libertária do verbo, o mesmo pendor especulativo, o mesmo espanto diante do caos, estão no centro do conto seguinte, que é o relato da preparação e da execução de uma aula inaugural de "estética e filosofia da comunicação" numa universidade. Aqui também o texto trafega entre a mais elevada reflexão filosófica e uma propaganda de cigarro numa revista. O ovo que deixa de incrementar um sanduíche de *food truck* converte-se em alvo e motor de uma viagem metafísica sobre a origem da vida.

Do ponto de vista da construção narrativa, Sérgio Sant'Anna exibe aqui uma competência técnica e uma desenvoltura admiráveis. Nos primeiros parágrafos, o relato parece avançar para trás, com perdão do paradoxo, voltando a momentos sempre anteriores, antes de entrar no presente narrativo, a aula propriamente dita, que dá título ao conto.

O fio do suspense, que mantém acesa a curiosidade do leitor em "A aula", repete-se de modo ainda mais hábil e complexo no último conto, "Adeus", que descreve, em primeira pessoa, uma inusitada reunião social num apartamento à beira-mar.

É uma cerimônia de despedida e, talvez, de renascimento, povoada sobretudo por mulheres que tiveram, cada uma à sua maneira, uma presença marcante na vida do narrador. Uma vida que vai se revelando de maneira lacunar, elíptica, mediante os breves encontros dele com cada convidada ou convidado nos vários cômodos do amplo apartamento. É uma viagem interior pautada pela memória afetiva, mas confrontada com os detalhes concretos da existência real.

Nessa última narrativa, o tema da linguagem verbal é menos ostensivo, mas está entranhado no fluxo de consciência do narrador e nas falas dos personagens, em seus registros variados. A personagem "Inês, a manca", que tem uma breve e discreta aparição, retornaria como protagonista num livro posterior do autor, *Um crime delicado*, num caso raro de citação antecipatória. O mundo literário, para Sérgio Sant'Anna, tem a mesma espessura do mundo "real", por isso em sua escrita a metalinguagem aparece sempre de forma tão natural e isenta de exibicionismo. É o espírito lúdico do autor que anima esses constantes jogos internos.

No trânsito entre o mundo da palavra e o mundo das coisas, na confluência entre um e outro, floresce e frutifica a literatura do escritor. Nas três histórias deste livro, a especulação mais abstrata e os voos mais livres da imaginação convivem com uma notação social e geográfica precisa: personagens bem delineados andam de ônibus do Catete à Glória, caminham ao lado do Pinel no campus da UFRJ em Botafogo, festejam num apartamento da avenida Atlântica. Há um aspecto de crônica carioca nos relatos desse discípulo rebelde de Rubem Fonseca e Nelson Rodrigues.

Outra característica comum aproxima os três relatos deste volume, além da concentração do entrecho em umas poucas horas: em todos, de maneiras diversas, há no final o encontro ou reencontro do protagonista com uma mulher. São encontros bem diferentes entre si, sem dúvida, mas cada um deles configura uma forma de amor. E o amor talvez seja, a par da consciência da linguagem, o elemento que perpassa toda a literatura de Sérgio Sant'Anna, ainda que de modos por vezes ásperos, tortos ou irônicos.

IR ALÉM DA LITERATURA

A morte inesperada do escritor, vitimado pela covid-19 quando estava em pleno vigor criativo, veio interromper uma carreira marcada pela inquietação existencial, moral e artística. Talvez fosse mais justo dizer que sua inquietação artística era alimentada pelas preocupações existenciais e morais. Como observou seu filho, o também escritor André Sant'Anna, Sérgio confundia a vida com a literatura, ou melhor, sua vida *era*, de certo modo, a literatura.

Nessa obra fecunda e variada, composta por mais de vinte livros, *Breve história do espírito* ocupa um lugar central, não só cronologicamente, mas porque aprofunda a reflexão *in progress* do autor sobre o estatuto da palavra, da linguagem verbal, em sua relação com o mundo.

A escrita de Sérgio Sant'Anna parece nunca se conformar com os limites da própria literatura, buscando sempre transcendê-los de alguma maneira para aproximá-la da existência. A literatura para ele é tudo, mas, paradoxalmente, esse tudo é muito pouco. Por isso sua escrita parece estar sempre tensionada por uma aspiração a ir além de si. Sua experimentação tem um escopo tanto ético quanto estético, é um contínuo inconformismo com os próprios limites.

Talvez seja por isso que o escritor sempre explorou as conexões e intersecções da prosa ficcional com outros meios de expressão: o teatro (em *Um romance de geração* e *Um crime delicado*), a música (*O concerto de João Gilberto no Rio de Janeiro*), a crítica teatral e as artes visuais (de novo *Um crime delicado*), o jornalismo (*Notas de Manfredo Rangel, repórter*) e até o futebol (nos contos "No último minuto" e "Na boca do túnel"), bem como as relações amorosas e o sexo (em praticamente todos os seus textos). Nesse cruzamento incessante de fronteiras, impera a noção de que tudo é linguagem, e de que a vida em sociedade é um entrechoque permanente de discursos.

À luz dessa contextualização, as narrativas de *Breve história do espírito* aparecem como experimentos nos limites entre a ficção e o ensaio especulativo. Nelas, de certo modo, é como se os alicerces da ficção realista, com seus personagens e ambientes bem concretos e definidos, servissem de contrapeso às mais abstratas reflexões filosóficas e morais — e vice-versa, ou seja, as falas e gestos do dia a dia ganham, ao menos potencialmente, uma ressonância mais profunda ao ser insuflados pela cogitação lógica ou pela especulação metafísica.

Algo parecido já ocorrera no conto "Um discurso sobre o método" (de *A senhorita Simpson*, seu livro imediatamente anterior), em que um operário, ao limpar uma vidraça no alto de um edifício, tem um momento de autodescoberta, entrando em contato pela primeira vez com seu próprio pensamento crítico.

O trabalhador inculto que, sem saber, emula Descartes, é um personagem de Sérgio Sant'Anna por excelência, assim como os três protagonistas dos contos aqui reunidos, ainda que estes últimos estejam bem mais conscientes de sua relação com a tradição filosófica ocidental. O que importa é que um e outros efetuam esse trânsito de mão dupla entre o empírico e o empíreo, o solo das relações cotidianas e o voo das ideias abstratas, os corpos e lugares histórica e socialmente determinados e a fantasia sem fim. A unir tudo isso, com verve e graça, está a escrita sempre inquieta de Sérgio Sant'Anna.

1ª EDIÇÃO [1991] 2 reimpressões
2ª EDIÇÃO [2024]

ESTA OBRA FOI COMPOSTA POR ACOMTE EM ELECTRA E IMPRESSA EM OFSETE
PELA GRÁFICA PAYM SOBRE PAPEL PÓLEN BOLD DA SUZANO S.A.
PARA A EDITORA SCHWARCZ EM FEVEREIRO DE 2024

A marca FSC® é a garantia de que a madeira utilizada na fabricação do papel deste livro provém de florestas que foram gerenciadas de maneira ambientalmente correta, socialmente justa e economicamente viável, além de outras fontes de origem controlada.